MARIE D'ÉGYPTE

DU MÊME AUTEUR

Romans et essais

Mont Athos, montagne sainte. Texte, légendes et photographies de Jacques Lacarrière, Seghers, 1954.

Sophocle. Essai de dramaturgie. L'Arche, 1960 ; nouvelle éd., 1978.

Les Hommes ivres de Dieu. Essai sur le christianisme et les Pères du désert d'Égypte et de Syrie. Arthaud, 1961. Fayard, 1975. Le Seuil, collection « Points-Sagesse », 1983, 2000. Ces dernières éditions comportent en annexe le *Journal du voyage aux monastères coptes de la mer Rouge*.

Les Gnostiques, Gallimard, collection « Idées », 1973, avec une préface de Lawrence Durrell. Anne-Marie Métailié, automne 1991. En poche : Albin Michel, « Spiritualités vivantes », 1994.

Hérodote et la découverte de la terre ; en 1981 aux Éditions Seghers sous le titre *En cheminant avec Hérodote*, collection « Étonnants Voyageurs ». C'est sous ce dernier titre qu'il a été réimprimé chez Nil en 2003, et aux Éditions du Livre de Poche/ Pluriel en 1986, 1998 2002, 2010.

Chemin faisant, récit d'une traversée pédestre de la France. Fayard, 1974 ; nouvelle éd., 2001, 2004, comportant en annexe *La Mémoire des routes*. Livre de Poche, 1977. Petite bibliothèque Payot, « Voyageurs », 1992.), La Table Ronde, 2017, » La Petite Vermillon ».

L'Été grec, Plon, collection « Terre Humaine », 1976 ; nouvelle éd., revue et augmentée, 2001. Presses Pocket, 1989 ; nouvelle éd. 1998.

Le Pays sous l'écorce, Le Seuil, 1980, 2007 ; collection « Points-Roman », 1981.

Sourates, Fayard, collection « L'espace intérieur », 1982, 2005. Albin Michel, collection « Espaces libres », 1990.

Errances, recueil de textes et de poèmes inédits sur l'errance et sur les chemins, Christian Pirot, 1983.

Suite en fin d'ouvrage

Jacques Lacarrière

MARIE D'ÉGYPTE

OU
LE DÉSIR BRÛLÉ

roman

PAVILLONS

Robert Laffont

ISBN : 978-2-221-28385-1
Dépôt légal : octobre 2025
Éditions Robert Laffont – 92, avenue de France, 75013 Paris
contact@robert-laffont.com

Pour Claude Vincienne
ce conte extrême du désert

Je suis celle qu'on honore et qu'on méprise
Je suis la sainte et la prostituée
Je suis la vierge et je suis l'épouse
Je suis le savoir et je suis l'ignorance
Je suis la force et je suis la crainte
Je suis sans dieu et je suis la grandeur de Dieu.

Hymne gnostique de Nag Hammadi

Que le fantôme de sainte Marie l'Égyptienne (que pour ma part j'ai toujours appelée Marie d'Égypte, Marie des sables, Marie des buffles, Marie des lions) ressurgisse périodiquement du désert pour venir hanter notre époque, voilà qui devrait rassurer tous ceux qui déplorent le matérialisme insolent de ce siècle. Car on ne saurait imaginer genre de vie ni aspiration plus contraires à tout ce que notre époque adore et adule. Passer sa vie dans un trou du désert, y vivre enfouie comme une taupe pour juguler les désirs comme les remords du corps et aspirer à un état quasi angélique, voilà qui ne ressemble guère aux préoccupations d'aujourd'hui, voilà qui ne figure dans aucun projet de société, fût-elle religieuse, fût-elle même intégriste. Être intégriste aujourd'hui consiste à violer les êtres et violenter le monde, faute de pouvoir le changer. Être intégriste au IVe siècle après J.-C. – si tant est que ce mot ait pu avoir un sens à cette époque – consistait au contraire à s'éloigner du monde, le refuser, le fuir parce qu'on l'estimait corrompu et condamné à une fin imminente.

Ainsi, l'existence de Marie l'Égyptienne a beau être incroyable et même très improbable, elle n'en est pas moins devenue une des figures exemplaires de l'Orient chrétien. Je crois qu'il y a à cela deux raisons principales. La première, c'est que l'itinéraire de Marie, qui passe en droite ligne de la débauche à l'ascétisme, « court-circuitant » en un saisissant raccourci l'itinéraire habituel et progressif des repentants et des renonçants, fournissait un exemple spectaculaire des pouvoirs de Dieu. Chacun conviendra en effet qu'il est plus difficile, même quand on est Dieu, de susciter une sainte à partir d'une prostituée notoire qu'à partir d'une noble dame romaine aux mœurs irréprochables, comme ce fut le cas de la plupart des femmes chrétiennes qui partirent alors au désert. Plus l'écart est grand entre la base et le sommet, entre le point de départ et le point d'arrivée, et plus sont manifestes les miracles opérés par Dieu. Dans le cas de Marie, le modèle répond si bien à ce schéma, répond si bien à la demande, qu'on ne peut s'empêcher de penser : si Marie l'Égyptienne n'avait pas existé, il aurait fallu l'inventer ! Et, de fait, elle fut inventée, un siècle et demi après sa vie et sa mort supposées, par un certain Sophronios, auteur d'une Vie de sainte Marie Égyptienne pénitente et qui écrit textuellement dans le prologue : « On ne doit pas appréhender d'ajouter foi à ce que je vais écrire par l'étonnement que donneront des actions si extraordinaires. » Car « il y a de la gloire à publier les œuvres de Dieu »[1]. Ces précautions (et d'autres par la suite que je ne peux citer intégralement ici) ne font que confirmer l'évidence : si, parmi toutes les femmes qui décidèrent alors de partir au désert et de s'y consacrer à Dieu, il y eut certainement des courtisanes repenties, Marie l'Égyptienne sort entièrement de ce cadre conventionnel, par les excès même de ses deux vies, sa vie mondaine et sa vie au désert, sa vie de prostituée, sa vie de pénitente. Trajectoire édifiante, plus qu'édifiante, sidérante mais en même temps non recommandable. Exemplaire mais non imitable. On la voit mal servant de modèle aux jeunes filles d'un pensionnat !

Là, je crois, réside la seconde raison pouvant expliquer sa notoriété à travers les siècles : Marie l'Égyptienne ne fut pas seulement, comme on le crut alors, l'œuvre spectaculaire de Dieu en tant que lieu, sujet et corps de ses interventions inattendues et théâtrales, elle fut surtout l'œuvre des hommes, et des hommes d'Église. Que pouvait leur suggérer

1. Voir en fin de volume les sources historiques de *Marie d'Égypte* et la *Vie de sainte Marie Égyptienne pénitente* (traduction Arnaud d'Andilly, éditions Jérôme Millon, 1985).

cette vie hors du commun, cette vie où cohabitèrent les contraires, si ce n'est que la sensualité extrême peut mener à l'extrême sainteté, qu'ascèse et lubricité ne sont nullement contradictoires, du moins si la première suit la seconde et non l'inverse ! Marie sera tout, dans les fantasmes de ces « pères » obsédés par la chair et par le renoncement à la chair, tout sauf une femme comme toutes les femmes, je ne dirais pas une femme ordinaire, je dirais une femme invisible en tant que femme. À la prostitution intense succède la prosternation tout aussi intense et non le désir d'un paisible foyer. À la promiscuité quotidienne du bordel succède la solitude quotidienne du désert et non la chaleur d'un milieu familial. Le sexe de Marie n'est pas un sexe de femme normale, c'est un sexe d'extase, un sexe d'exception qui passe en un clin d'œil, oserais-je dire, des béances aux béatitudes ! Entre les deux, pas l'ombre d'une ombre d'un époux ni d'un enfant.

C'est pourquoi la vie de Marie l'Égyptienne, sa vie supposée comme sa Vie écrite par Sophronios sont une œuvre d'hommes gagnés ou hantés par l'idée que la grâce supérieure peut parfois résider dans les bas-fonds du corps. Il fallait bien qu'une étincelle quelconque – non, pas quelconque, unique – habitât le corps et le cœur de Marie pour qu'elle ait pu si soudainement inverser en elle la force du désir et le muer en désir de désert. Aucune vie ne peut être alors exemplaire si elle n'est pas construite sur un revirement, un renversement, sur un retournement – lent ou brutal – de tout l'être. Ainsi, la vie de Marie l'Égyptienne nous permet de lire le récit de ses dépravations comme le livre des grâces à venir. De découvrir les yeux d'un futur ange dans le regard de la diablesse. Et le paradis, oui, le paradis jaillissant de l'enfer de la volupté.

C'est pour cela que les saints, très saints « pères » de ce temps, vénérèrent à ce point Marie l'Égyptienne : elle leur donnait par avance l'absolution de s'être un instant égarés en pensée dans les bas-fonds de la chair. Et peut-être que certains d'entre eux auraient bien aimé la connaître, non quand, après quarante ans de désert, son corps tanné et racorni, son crâne chauve, ses seins flétris, son sexe couturé faisaient d'elle une momie titubante, mais à Alexandrie, au temps de ses débauches, si inouïes et si inavouables que lorsque, quarante ans plus tard, elle croise dans le désert un moine nommé Zosime, elle lui dit « qu'elle ne saurait en parler sans trembler et sans que ses paroles elles-mêmes ne souillent l'air pur du désert ». Oui, avec Marie, réelle ou non, diablesse ou ange, tout était possible : de s'élever par la bassesse, de s'avilir dans la béatitude, de joindre enfer et paradis en une même étreinte, au point qu'un seul de ses baisers pouvait faire de vous un damné céleste.

Jacques LACARRIÈRE

I

Désert Premier

Depuis des heures, elle avançait entre deux falaises trouées, crevassées, lézardées d'ombre et si étincelantes par endroits qu'elles devenaient un éblouissement vertical, une muraille aussi tremblante et incertaine qu'un miroir d'eau. Le fond de l'oued était troué lui aussi, écorché de stries, parsemé de rocs délavés, aveux d'un ancien torrent contre lesquels elle trébuchait. Peu de verdure. Encore moins de fleurs. Des touffes jaunes par endroits aux aisselles de l'ombre. Avec une odeur de foin frais qui donnait le vertige. Inutile de vouloir gravir la falaise, on n'escalade pas la lumière. Il fallait continuer au fond de cet oued rongé où affleurait la rouille des roches érodées. Jusqu'au moment où il parut se résorber peu à peu dans le ciel. Les lèvres des falaises s'écartèrent, le lit s'élargit. Elle s'arrêta à cet endroit précis, jambes excoriées de sang, dès qu'elle vit l'horizon, après l'ultime bouffée d'ombre. Devant elle, ce qu'elle cherchait depuis des mois, ce qu'elle voulait depuis des jours : une ligne imperceptible où ciel et terre mêlaient leur tendresse torride, un infini qui peut-être la délivrerait du remords, une étendue sans ombre et sans aspérité, lisse comme un demain vierge. Ce qu'elle cherchait, ce qu'elle voulait exactement était là, sous ses yeux : rien.

Notre mémoire est courbe. Qu'on la remonte ou la prolonge à l'infini, elle nous permet de rattraper ces bribes de passé qui subsistent sûrement devant nous autant que derrière nous. Tu as beau fuir dans l'incertain de l'horizon ou demeurer figée devant le désert lisse, je te retrouverai toujours, Marie, où que tu sois, car tu habites désormais l'orbe de ma mémoire. Les lieux, l'époque où tu vécus : ce désert d'Égypte, cette ville d'Alexandrie que tu désiras tant puis que tu refusas, ce siècle quatrième où l'Histoire inverse son sens et son signe en se faisant chrétienne, ce crépuscule des dieux que nous avons aimés parce qu'ils nous proposaient le plus grand des mystères auxquels nous puissions être confrontés : leur ressemblance si forte et si fragile avec nous-mêmes, ces lieux et cette époque m'habitent depuis si longtemps que ma mémoire y a élu son domicile.

C'est pourquoi je t'ai choisie, Alexandrie, car tu es la ville où le monde commença et recommença plusieurs fois ; je t'ai choisi, désert, car tu es le plus vierge et le plus vieux de nos miroirs ; je t'ai choisie, Marie d'Égypte, puisque tu fus la prostituée des hommes et l'amante de Dieu. Ce conte-histoire débute aux temps où finissait un monde, au crépuscule-aurore de toutes les questions. Alexandrie. Le désert. Un dieu nouveau. Et toi, Marie d'Égypte, la sainte prostituée du ciel, la recluse de l'infini.

Rien. En quelques mètres, plus rien qui rappelât quoi que ce fût d'humain. Une immensité de poudre ivoire, de rocs exténués, un ossement de paysage. Un vent léger éraflait la surface du sol. Désert de sable puis de pierre. Mouvant, figé. Marie demeura jusqu'au soir immobile. À regarder. À épier une présence jusqu'à l'infime. Rien. Quand le soir tomba, elle redescendit lentement jusqu'à l'oued, s'engagea de nouveau entre les falaises. Plus tard, elle chercherait où s'installer, où trouver un abri, grotte ou trou, un asile d'éternité. Plus tard. Elle se blottit contre un rocher et la mémoire du soleil l'y recouvrit d'un souffle chaud. Elle s'endormit. Plus tard…

En ce temps-là, les dieux anciens hésitaient encore à quitter l'Égypte, à regagner le ciel inconstant que les hommes leur avaient construit dans leurs rêves. Car ces hommes, à part une poignée de fidèles, ces humains ne voulaient plus d'eux. Quand ils offraient encore des sacrifices ou qu'ils murmuraient des prières, c'était avec des gestes si absents qu'on eût dit une pièce de théâtre interprétée devant un public endormi. Bien sûr, les dieux savaient que ces moments de refus, d'incroyance durent à peine quelques siècles, une minute dans la vie d'un dieu. Le temps pour lui de changer d'apparence, de vocable, de finalité, de crédibilité en somme. En ces années-là, une « étude de marché divin » sur la Terre (à supposer qu'il se trouvât un dieu suffisamment intéressé à sa survie pour la demander à un ange), une telle étude eût révélé qu'en Égypte, dans une ville comme Alexandrie, le seul « créneau » pensable et crédible était : *un Dieu unique et si possible en trois personnes.*

Les dieux anciens commencèrent alors à quitter l'Égypte un à un, à déserter la pénombre embaumée des temples pour se réfugier en cet invisible sanctuaire qui aujourd'hui encore est celui de notre mémoire. Anubis, le dieu chacal, l'escorteur des morts, le veilleur d'ombres, se retrouva errant dans la lumière crue du désert, devenu ombre et démon à son tour, hantant les sables de ses jappements funèbres. La déesse hippopotame Thouéris, qui jusqu'alors s'était dressée debout, sa longue chevelure tressée comme roseaux du Nil, la déesse éveilleuse des cris du nouveau-né, la gardienne des eaux primales de la femme, accoucheuse et nourrice de tous les enfants de l'Égypte, dut regagner les grands marécages du Sud d'où elle était venue jadis, effrayant de son souffle rauque les mille buissons de papyrus, plongée des heures entières dans l'eau jaune, les yeux songeurs. Et Sobek, le dieu crocodile qui se laissait nourrir par les prêtres en ses enclos sacrés de Mœris, retrouva les marais du Fayoum où il demeura immobile au soleil des jours entiers, dans le désarroi d'un destin qui le vouait à nouveau à sa solitude d'écailles. Le dieu faucon Horus qui, lui, venait du ciel mais avait tant aimé la Terre et le sein de sa mère Isis et son enfance quand ils fuyaient tous deux dans les marais pourchassés par son oncle Seth, cette vie terrestre clandestine, romanesque, héroïque enfin comme seuls les hommes savent en inventer (et si précieuse, si enseignante pour un dieu), Horus rejoignit le ciel où depuis il tourne très haut pour oublier la Terre qui fut aussi sa tendre mère aux aisselles de roseau. Et c'est depuis qu'il piaille inlassablement dans l'azur…

Ainsi les dieux anciens s'éloignèrent-ils d'une Terre qui les refusait. Certes, ils ne moururent pas tout à fait puisqu'ils survivent çà et là, jappant, piaillant dans nos mémoires. Mais il fallait laisser l'Égypte à sa nouvelle histoire, il fallait laisser le cœur des hommes au dieu qui arrivait, un dieu à forme d'homme justement, à tête d'homme. Christos.

Plus tard. Elle s'éveilla juste avant l'aube, le corps froissé contre la roche, et regagna l'orée de l'oued. Le désert, à nouveau. Plus tard, elle chercherait un abri. Du bout du pied, elle effleura le sable encore frais de la rosée nocturne. Une odeur entre la nuit et la lumière. Devant elle, l'incision du jour. Marie commença d'avancer sur un sol qui se réchauffait à mesure que le soleil montait. Qui bientôt serait brûlant à ses pieds nus. Brûler, voilà ce qu'il fallait. Exténuer sa chair et ses pensées dans la silice du silence. S'embraser pour devenir ou redevenir cendre. Y couver, larve neuve, son demain de futur insecte. Comme Élie, comme Jean-Baptiste, comme les prophètes qui avaient su vivre au désert, elle deviendrait insecte humain, à force d'absorber des sauterelles, des épines et de la rosée. Elle dessécherait son cœur pour y dessécher le désir. Elle incendierait en elle le remords, elle calcinerait le long péché que fut sa vie et jusqu'au souvenir des hommes, des centaines d'hommes qu'elle avait aimés. Des milliers, même. Le désert aurait-il pu les contenir ? C'est cette foule qu'elle venait fuir ici, celle des ombres tendres, de la cohue des voluptés, milliers d'oiseaux blancs aux piaillements humains, qui se frottaient contre ses rêves avec une odeur de sueur et de sperme.

Dunes. Creux où elle enfonce dans la brûlure du sable. Sol dur avec des pierres coupantes, écorchant ses chevilles. Rares buissons. Avec une ombre épineuse, ridée par la fatigue de la lumière. Un rocher plus grand, là-bas. Y aller ? Non. Le fuir. Fuir l'ombre, le repos. Continuer au soleil. Se gaver de feu.

Juste avant le soir, Marie s'aperçut que ses jambes commençaient à se fatiguer. Elle se laissa tomber sur le sol plat, mica luisant aux parcelles émiettées comme des milliers d'astres à l'agonie. Pas un bruit. Pas une ombre. Pas un oiseau. Pas un insecte. Un ciel, un sol, un corps, un cœur nus. Alors, lentement, doucement, elle se mit à pleurer de joie.

Il y a quelquefois, dans l'écoulement de la durée, des moments de rupture où l'Histoire ne se supporte plus. Comme si le temps s'épuisait en son propre courant, que le Nil, par exemple, las de toujours descendre vers la mer suicidât ses eaux dans les sables ou refluât vers ses propres sources. Il est des temps où le temps se retire en lui-même pour rêver à une durée neuve, imaginer de nouveaux cycles. Et l'Égypte, en cette heure où Marie sanglotait sur le sable, vivait précisément dans ce repli du temps. Quelques-uns de ses dieux étaient partis d'eux-mêmes. Les autres s'en allaient dans la confusion des émeutes, des temples incendiés par les foules chrétiennes, des statues démembrées. On pouvait voir un peu partout des bras, des torses, des visages de dieux, même des yeux, des yeux de marbre ou de porphyre abandonnés dans les terrains vagues ou les champs. Des mains, jetées au fond de puits à sec ou dans des caveaux délaissés, continuaient de désigner absurdement le ciel. À côté – diorite sombre – les pieds d'un pharaon gisaient parmi les herbes dans la mutilation de l'inutile.

Oui, l'Égypte se sentait soudain vieille ou plutôt vieillie, sans plus savoir que faire de cette éternité qu'on répudiait, de ses dieux congédiés, de ses temples et de leurs ultimes desservants, figurants d'un drame qu'ils ne comprenaient plus. *En cette heure où Marie sanglotait sur le sable*, l'Égypte devenait un décor déserté dans l'attente d'une nouvelle – et terrible – représentation. Elle était devenue l'entracte de l'Histoire.

Marie pleurait de joie. Et ses larmes lui tenaient chaud dans le froid de la nuit. Son corps était secoué de spasmes neufs, parcouru de frissons qui bouleversaient des zones inconnues de son corps. Le refus, le remords auraient aussi leur volupté ? Quand le jour se leva, elle se sentit vide et comblée, gorgée d'amour pour l'avenir et terrifiée par le présent. Le soleil la brûlait déjà. Elle regarda tout autour d'elle et ressentit, une fois de plus, l'incroyable vacuité de ce lieu mais aussi la féerique nécessité de sa présence. Elle se releva. Étendit les bras vers le haut et décida de prier ainsi tout le jour, debout, sans les baisser. Orante figée, elle voulait offrir au désert sa toute nouvelle volupté : être une croix vivante, inondée de larmes et de feu.

Un seul dieu ne se résignait pas à quitter l'Égypte, la splendeur de son temple et la fidélité de ses ultimes desservants : Sérapis. C'était un dieu composé puisque sur la corolle de son visage – un visage rond, nimbé d'une chevelure luxuriante et bouclée – on pouvait lire toutes les inflorescences de la sève égyptienne, la victoire du soleil sur la nuit, le clair concile des épis de la fécondité. Oui, un dieu confluent en qui se rejoignaient les deux courants les plus impérieux du pays : l'obsession de la mort, la vénération du soleil. Il exprimait à merveille, par ce mélange heureux d'Osiris, du bœuf Apis, de Zeus et du Soleil, ce besoin d'estuaire qui de tout temps hanta les rêves de l'Égypte. Il incarnait aussi le fleuve qui depuis l'origine était comme le sang miroitant du pays, il était un Nil d'or, d'ivoire, de marbre et de porphyre d'où ruisselaient l'abondance et la sérénité. Il était bien le dieu qu'il fallait – qu'il eût fallu s'il avait pu survivre – à cette terre et cette époque de mutation, un dieu syncrétique comme on disait, en d'autres termes un dieu métis.

Il venait de Memphis, le pays des taureaux sacrés, et descendait de cette divinité si mystérieuse qu'on appelait Osor-Hapi et qu'on représentait comme un homme momifié à tête de taureau portant entre ses cornes un grand disque solaire. Osor-Hapi était l'enclos vivant des âmes des Apis morts. Car les Apis, ces taureaux sacrés identifiés grâce à des signes précis sur leur pelage – une tache noire triangulaire au milieu du front, une autre identique sur le cou et une troisième sur le dos, le tout sur un fond blanc immaculé –, passaient pour une incarnation de la divinité des morts. Pour l'Égypte, l'âme du monde était une, infuse entre tous les vivants, sans hiérarchie, sans exclusive. Un dieu pouvait choisir indifféremment pour réceptacle une chair animale ou humaine, devenir un taureau, un ibis ou un homme. Chaque être vivant du monde pouvait ainsi être porteur d'une présence, d'une parcelle divine le vouant à un destin hors du commun. Et je dis que, si l'on admet cette fraternité des cieux avec tous les vivants du monde, cette parenté inespérée qui nous convie à devenir l'espoir et l'éclosion d'un dieu lové en nous, si l'on admet l'inadmissible postulat, il est plus prodigieux pour une divinité d'élire un taureau pour son séjour terrestre que de s'incarner dans un homme. Pendant des millénaires, l'Égypte nous a dit que les dieux pouvaient être partout, au cœur de nous comme dans le regard, le pelage, le mugissement d'un taureau blanc au front taché de noir. Grandeur d'une religion pour laquelle il n'est pas d'abîme entre l'homme et la bête ! Car si un dieu peut devenir taureau, cela veut dire que toute bête en nous n'est peut-être qu'un dieu caché...

Une croix vivante. Marie resta presque tout le jour immobile, les bras tendus dans la fournaise. Les yeux fermés, livrée à la chaleur torride, elle sentait tout son corps se raidir, s'éloigner d'elle, se figer tandis qu'elle frissonnait sous les coulées de sueur qui inondaient ses cuisses. Le sang battait de plus en plus lourdement dans ses bras qui tremblaient sous la tension des muscles. Elle se muait peu à peu en un immense oiseau des sables, alourdi de fixité, d'obstination, oscillant sans pouvoir prendre son envol. Les mots qu'elle disait venaient d'elle, sans forme et sans rituel. Elle ignorait les prières chrétiennes. Mais sa bouche remuait sans cesse, faisant sourdre un murmure de ses lèvres comme le timide aveu du vent. Elle pria, elle murmura ainsi des heures. Puis, juste avant le soir, s'écroula sans un cri sur le sol.

Non, Sérapis ne voulait pas quitter son temple, l'admirable Sérapéum qui se dressait en plein cœur d'Alexandrie. Il aimait la pénombre de son sanctuaire, la pièce où il demeurait, une pièce entièrement close à l'exception d'une petite ouverture donnant sur le levant. C'est là que son frère, son double, son autre lui-même, le Soleil, venait s'unir à lui dans la liesse de l'année nouvelle. Car le Soleil avait, lui aussi, une statue dans le Sérapéum. Une statue enfermée dans une salle obscure, et que les prêtres, une fois l'an, à une date, une heure bien précises, libéraient de sa nuit et présentaient à Sérapis. Alors, devant des milliers de fidèles accourus de toute l'Égypte et de bien au-delà, alors, ô miracle, sans que nul ne la touche, la statue s'approchait toute seule de son double, elle glissait, de façon saccadée, maladroite, mais elle glissait d'elle-même sur les dalles et allait déposer un baiser sur la bouche de Sérapis à l'instant même où le premier rayon de l'aube éclairait les lèvres du dieu ! Ce miracle, des milliers de témoins purent l'attester, et il se reproduisit chaque année pendant plusieurs générations.

Ce miracle, c'était aussi ce que l'Égypte agonisante offrait encore au monde qui ne voulait plus d'elle : l'union, par ce baiser d'aurore, des franges du Jour et de la Nuit, l'alliance des forces neuves de la lumière et de l'ombre épuisée du Temps. Quel humain, dès lors, quel dieu même aurait pu de son plein gré renoncer au baiser du Soleil ?

Sur le sol. Marie passa la nuit ainsi, affalée, recroquevillée sur les graviers qui lui meurtrissaient le ventre et les seins. Un corps englué de sueur que la fraîcheur nocturne mit longtemps à sécher. Elle frissonnait de froid. Ses bras, engourdis par des heures d'immobilité, commençaient seulement à reprendre vie. Plus que jamais, elle ressemblait à un oiseau incapable d'envol, mais cette fois un oiseau migrateur, exsangue de voyage, tombé à terre d'épuisement. Elle haletait là dans le noir sans pouvoir s'endormir, appuyée de toutes ses forces contre le sol pour y meurtrir son corps. Son ventre lui faisait mal, un mal complexe, car il était fait d'un violent désir de se plaquer contre la terre pour y sentir son sexe éraflé par les pierres et d'un désir tout aussi violent de clore ce sexe à jamais, de l'obturer, de le séquestrer en sa propre chair. Et se séquestrer elle aussi, bien entendu. Mais d'une façon insensée, impensable : se séquestrer dans l'infini !

Depuis le début de la matinée, la foule, une foule énorme, houleuse, entourait le Sérapéum.

Des Chrétiens, artisans, paysans, fonctionnaires de l'administration impériale ou du gouvernorat et surtout des soldats, convertis de fraîche date, pour la plupart. Une foule bien décidée à en finir avec ce symbole abhorré de l'idolâtrie, avec ce baiser du Soleil, ultime survivance des superstitions des païens. Car ce temple, par sa splendeur et sa réputation, provoquait l'exaspération des Chrétiens. Ses cellules et ses salles souterraines (on n'en connaissait ni le nombre exact ni la fonction, mais on savait le bâtiment truffé de couloirs, de réduits et d'antres sous la terre) abritaient en effet des philosophes, des sages, des reclus que l'on nommait ici les *purs* ou les *très chastes* et qui étaient des hommes de connaissance et de méditation. Leur seule existence au cœur de ce Sérapéum prouvait que celui-ci n'était nullement un lieu d'artifices, de truquages, d'illusions comme l'affirmait cet excité de Théophile, le patriarche chrétien de la ville, mais bien un foyer de religiosité, le dernier bastion du savoir secret de l'Égypte.

Rien que pour ces purs et ces chastes, Sérapis se devait de rester présent parmi eux. Comment ne pas rester fidèle à de tels fidèles ? Sérapis aimait voir, entendre monter de l'ombre les images, les murmures, les pensées de ces hommes exceptionnels, assises de son culte et mainteneurs de sa pérennité. Seul de tous les dieux, il refuserait de déserter, de regagner le ciel accueillant mais stérile des rêves et des désirs humains. Il mourrait ici même s'il lui fallait mourir, il se laisserait disparaître, corps et âme, statue et dieu mêlés avec l'Égypte et ses derniers penseurs. N'était-ce pas, au fond, le moins que pouvait faire un dieu envers ceux qui avaient tant agi pour sa divinité ? Ainsi, en cette aube où se levait le jour fatal, en avait décidé le grand dieu Sérapis, le dieu composé, mêlé, métis : être aussi en cette heure ultime un dieu solidaire des hommes.

Marie se redressa dans l'aube, transie de froid. Elle avait soif et faim et sentait bien qu'elle ne pourrait survivre ainsi longtemps dans le désert. Elle resta indécise un moment, ne sachant plus quel horizon choisir : celui de l'aube, qui l'entraînait vers la séquestration dans l'infini, celui des hommes en direction de l'oued. Elle décida finalement de repartir sur les traces de ses propres pas, dans la direction des falaises. Elle retrouva l'entrée de l'oued, redescendit son lit en trébuchant à nouveau contre les pierres coupantes, fermant les yeux à chaque odeur d'ombre, à chaque souffle des falaises, troublée, effrayée par le désir de l'eau. Au bout d'un temps qui lui parut très long, elle parvint enfin devant l'estuaire à sec. Au loin miroitaient les canaux du Nil, montait la rumeur des vivants parmi les roselières. Elle avança sur un sol plus doux tapissé d'herbe, s'approcha d'une rigole emplie d'une eau boueuse. Elle s'agenouilla et se mit à boire avidement, à quatre pattes, lapant l'eau comme un animal.

Les païens s'étaient retranchés dans le temple dont ils avaient obturé la lourde porte en bois bardée d'étais de bronze. Les uns s'armaient, les autres offraient des sacrifices pour conjurer l'assaut qu'ils savaient imminent. Le gouverneur romain était intervenu, avait fait l'impossible pour calmer la foule, mais Théophile, ce patriarche incendiaire, ne cessait, lui, de l'exciter. Si bien que, n'y tenant plus, elle se rua contre la porte qu'elle finit par enfoncer. Une masse humaine déferla dans la première salle, se bouscula jusqu'à la cella où se trouvait le dieu mais, sur son seuil, cris, hurlements, menaces s'arrêtèrent. Pétrifiés, les Chrétiens contemplaient l'immense statue de Sérapis et surtout la face colossale qui semblait les dévisager avec un sourire amusé… Il était assis sur son trône, la tête dominant les nuages de l'encens, une main tenant le sceptre, l'autre appuyée sur son compagnon favori, le chien Cerbère à triple tête. Son regard étincelait dans la pénombre du visage noirci par des siècles de fumigations. Clairement, indiscutablement, Sérapis les regardait, détaillait ces intrus, fidèles du nouveau dieu qui déjà l'avait remplacé, ces hommes pétrifiés d'admiration et qui semblaient encore le craindre… Sérapis perçut nettement le flottement de leur esprit et l'indécision de leur cœur. Il s'écoula quelques minutes d'un silence inouï, qui aujourd'hui encore doit flotter au cœur des galaxies dans la courbe du Temps. À l'instant précis où la foule s'arrêta sur le seuil de l'ombre, n'osant ni avancer ni reculer, saisie par la grandiose image du divin, à cet instant précis, chacun sentit sur lui, en lui, ce silence inouï, un silence comme une syncope de l'Histoire.

Marie lapait, lapait avidement, à quatre pattes sur la rive. En se redressant, la bouche ruisselante, elle aperçut sur la surface le reflet de son visage. Elle se regarda un instant, avec la certitude qu'elle se voyait ainsi pour la dernière fois, qu'un jour elle oublierait jusqu'à ses propres traits. Elle était toujours aussi belle bien que depuis deux semaines – depuis le grand événement, avènement de sa vie à Jérusalem – elle eût totalement négligé son corps, ne se lavant plus, mangeant à peine et errant pieds nus à la recherche d'un lieu d'ascèse. Ses cheveux trempés masquaient en partie sa figure mais elle apparaissait ainsi plus femme encore : bouche entrouverte par la surprise, lèvres humides, joues rougies, yeux pers (un de ses amants d'Alexandrie lui ayant dit un jour qu'elle avait les mêmes yeux qu'Athéna, elle avait naïvement demandé : « Est-ce qu'elle fait l'amour mieux que moi ? » et l'autre avait éclaté d'un tel rire qu'il eut le plus grand mal à lui répondre : « Mais, voyons, c'est une déesse, et vierge qui plus est ! »), des yeux pers encore habités des désirs que les hommes y avaient déposés, un corps ferme, cambré au-dessus de l'eau. Une femme. Pour combien de temps encore ? Elle finirait bien, à force de vivre au désert, par décharner sa chair, par tuer ce corps qui l'avait tuée. Alors, il ressusciterait, sans sexe. Cambrée au-dessus de l'eau, Marie, béate, rêve à ce corps impossible, à cet être insensé qu'elle voudrait devenir, un être, une chair d'avant l'Éden et le péché. Elle y rêvait lorsqu'elle surprit des pas, des voix tout à côté. Elle n'eut que le temps de se glisser au milieu des roseaux, furtivement, toujours à quatre pattes.

C'est un soldat, *mieux protégé par sa foi que par ses armes*, écrivit un des témoins de l'événement, qui rompit brutalement l'envoûtement de la foule. Il saisit une hache, se rua sur la statue, grimpa sur ses genoux et frappa l'une des joues de toutes ses forces. La mâchoire s'émietta sous le choc en une poussière de bois vermoulu. Il s'attaqua alors au reste du corps, à mesure, commençant par les mains et les bras. La foule le regardait faire, angoissée : la foudre n'allait-elle pas tomber sur eux ? Mais quand la hache entama le torse, ouvrant sur le poitrail une blessure béante, un flot de rats s'en échappa en poussant des cris suraigus. Alors, les Chrétiens, tirés de leur hypnose, devinrent fous de rage : ce dieu impressionnant, ce dieu si terrifiant n'était qu'une carcasse pourrie et un repaire à rats ! La foule se rua sur la statue, s'acharnant sur la tête qui résistait encore jusqu'à ce qu'elle s'émiette à son tour en un nuage de bois moisi imprégné d'encens. Tous les morceaux, jusqu'au moindre éclat, furent portés dehors et incendiés sur le parvis. Sérapis mit longtemps à brûler, à se dissiper en fumées qui répandirent sur tout Alexandrie des nappes d'entêtant parfum. Dernier survivant des dieux d'ici, il mourait de la seule mort qui convenait à une divinité d'Égypte : une mort embaumée.

À l'autre extrémité de l'oued, Marie contemple à nouveau le désert. Dans un renfoncement de la falaise, à l'endroit où elle commence à s'incliner légèrement, à déraidir sa pente, elle a trouvé une crevasse élargie par les eaux, un petit abri naturel, invisible depuis le lit. Ici, elle sera à l'écart des sables et des hommes. Elle aura le désert à quelques heures de marche pour ses prières et ses macérations. Et, plus bas, elle aura la vallée du Nil lorsque de temps à autre il lui faudra gagner des régions habitées pour y trouver de l'eau, des plantes et des fourrages. Elle descendra vers les roselières et vers les potagers. Quelques racines, des feuilles de chou, des plantes sauvages lui suffiront bien pour survivre. Elle s'y rendra la nuit, de préférence à quatre pattes. Car en courant pour se cacher dans les roseaux, elle avait découvert le plaisir ambigu de vivre en quadrupède. Croix vivante, statue torride, oiseau exsangue, Marie voulait aller plus loin encore en se mettant à vivre à quatre pattes. Flairant la boue et l'eau croupie, broutant l'herbe et humant la terre, léchant s'il le fallait la poussière, elle se disait qu'en humiliant ainsi son corps contre le sol son âme s'élèverait plus vite vers le ciel.

II

Corps, souviens-toi

Corps, souviens-toi comme tu fus aimé
Et souviens-toi des lits où tu t'es étendu,
Du désir brillant dans les yeux,
Des voix tremblantes à ta vue.
Oui, souviens-toi comme ils brillaient, ces yeux,
Comme elles tremblaient, ces voix,
Dans le désir de toi.
Corps, mon corps, souviens-toi...

Constantin CAVAFY

Capitale de la volupté : Alexandrie. Capitale des désirs. Des déviances. Tous les amours y avaient cours : l'amour fou, lubrique, angélique, démoniaque, platonique, primate, vénal, anal, homo, hétéro, lesbien, pédophile, nymphophile, zoophile même (assez naturel dans un pays où les animaux passaient pour le réceptacle des dieux). Alexandrie sut dépasser Athènes et Rome dans l'art (si délaissé aujourd'hui) d'apparier féeriquement en l'homme l'ange et la bête.

La situation de la cité, enserrée dans les bras du Nil et la double étreinte du fleuve et de la mer, ne pouvait que la prédisposer à la sensualité. Dès qu'un étranger débarquait à la pointe de Pharos, il sentait déjà sur lui le désir de la ville. Elle le humait, l'enveloppait de ses effluves et de ses vibrations, lui offrait la moiteur de ses rues, le bruissement rauque de ses places, tout un lit d'odeurs pimentées et capiteuses. Peu d'êtres résistaient à de tels appels et plus d'un s'y perdait dans le sable mouvant des nuits. Ainsi l'homme débarquant sain de corps et d'esprit (et par *sain* j'entends : apte à tous les plaisirs, même les plus insensés) pressentait, sans pouvoir le fuir, le piège qui s'offrait à lui, aussi soyeux qu'une toile tendue par une araignée nymphomane. Alors, une fois happé et vidé par la ville, le corps de l'impétrant était rejeté à l'orée du désert ou sur le rivage de la mer où on le retrouvait, flasque défroque, débris d'émois et loque d'homme : un ex-amant d'Alexandrie.

Benjoin ? Cinname ? Oliban ? Quel encens brûlait donc dans la pièce où ta mère venait de t'amener, où l'homme s'agitait sur toi, couvert de sueur acide, de relents gras ? Que voulait-il ? Que te voulait-il ? Tu ne comprenais rien. Jusqu'à l'instant où il te pénétra. « Laisse-le faire, dit ta mère. Ça va passer. » Il t'écrasait, t'étouffait. Tu te mets à hurler. Il t'expédie une gifle. Alors, tu t'agrippes à ses épaules pour les mordre, pour repousser de toi la masse atroce. Deuxième gifle. Tu t'évanouis. Tu reviens à toi. Inoubliable. Inoubliable, ce retour. Avec la brûlure de la gifle et cette ancre en ton corps, océan cotonneux secoué de houles brutales. Tu cries toujours. Mais l'homme, enfin, s'est retiré. Il paie et il s'en va. Tu restes, jambes écartées, sanglantes. Prostrée de dégoût, d'étonnement aussi. Un corps comme un suaire douloureux. Tu viens d'avoir douze ans. Tu viens d'avoir douze ans et tes premières règles. Ta mère t'a aussitôt menée à l'homme. Comme c'est l'habitude dans les familles de prostituées. Premier sang, premier homme. Cet encens, quel était cet encens ?

> Comme chacun de nous – je veux dire comme chaque mâle – je porte en moi la femme que j'aurais pu être, cette femme secrètement déjouée à l'heure de la sélection utérine. Toujours présente, cependant. Un chromosome en plus, un chromosome en moins et me voici nanti à vie d'un sexe congédié. Femme déjouée, irréalisée mais jamais irréelle, je te porte et tu bouges en moi aux heures nocturnes de mon corps. Je te ressens, je te pressens, promesse évanouie (mais jamais effacée) de ma chair. Tu n'es pas une image, tu n'es pas une chimère, tu es mon moi dormant, mon émoi parallèle, tu es… – est-ce pour cela que j'entreprends ce livre ? – tu es Marie en moi.

Sol battu. Nattes. Lampe à huile noircie. Cruche à eau. Une seule ouverture minuscule. Des murs sombres, sales, couverts de graffiti obscènes. En grec, en latin, en copte, en syriaque, en araméen. Mais qu'importe la langue : Marie ne sait pas lire. Les mots qu'elle veut connaître, elle préfère les apprendre avec ses doigts sur les lèvres de ses compagnons préférés, les deviner les yeux fermés dans le silence qui suit l'amour. Des murs couverts de graffiti qui se rencontrent, se chevauchent, s'effacent aussi pour les plus anciens. Ici, depuis des années, la plèbe de la ville inscrit l'aveu de ses lubricités. Tous les graphismes s'y côtoient. On a gratté ces murs avec des ongles, des stylets, des aiguilles, des bouts de céramique, des morceaux de bois ou d'os. Éraflures, griffures, gravures sur le mur : ordures. Mais aussi quelquefois un poème, une image, une tendresse incise au cœur de l'abjection. La plupart ne sont ni datés ni signés. À tous ses visiteurs, la pièce de Marie offre ainsi son histoire pariétale et sordide, son épopée du stupre. Là-bas, en haut à droite, en lettres grecques et en attique : J'AI LÉCHÉ… (manque un mot, un prénom sans doute) LA ROSÉE DE TON CON (un lettré, celui-là, qui a dû lire Ausone). En travers du même mur, un peu plus bas, en latin : *pour le con de Fabricia, mon sperme é... cot* (éclôt ?), et plus bas encore : MES COUILLES CUMULENT (?) TON CUL. Celui-là est signé Tullius. Il doit s'agir du client d'un prostitué mâle qui occupait le lieu avant Marie.

Un de tes amants syriens déchiffra sur l'autre mur une phrase en mauvais syriaque : *Ashtar... je meurs bandant. Ton con m'a tué*. Et sur le même mur en latin très vulgaire, un plaisantin : *déjà jéjacul*. Ailleurs, deux inscriptions en copte, de la même main apparemment : KOPHEA, J'AI ANCRÉ DANS TON ALGUE. Signé : *un marin*. Et : JE ME SUIS BRANLÉ DEVANT LA NOIRE TOISON D'… IBEK.

L'homme est si beau qu'il te faudra longtemps, Marie, avant d'oublier son visage. Pourtant, depuis que tu connais les hommes, qu'ils sont passés sur toi par dizaines, par centaines, comment te souvenir d'un unique visage ? Mais peut-être que cette multitude aide au contraire le choix de ta mémoire. Peut-être qu'elle te permet de mieux choisir, parmi ces corps subis, pesants, difformes très souvent, ces outres à sperme passant leur temps à se vider en toi, ceux dont tu sais d'emblée que tu garderas la mémoire. Tu as grandi, Marie. Tu as quitté l'ignoble pièce de tes débuts, la pièce à l'encens. Tu en as trouvé une autre aux murs sombres et couverts de graffiti obscènes mais plus spacieuse et située dans un quartier meilleur pour ton travail : celui de Rhakotis, juste derrière le port et l'arsenal. Faire l'amour est devenu banal. Une corvée aussi, quand l'homme est soûl, qu'il bave et vomit lorsqu'il jouit. Monnaie courante à Rhakotis. Alors, vite, une fois lavée, débarrassée des vomissures, tu te parfumes et tu cours pour le retrouver, car il n'est pas question qu'il te rejoigne dans ce bouge. Il est instruit, il sait lire, tu ne veux pas qu'il déchiffre tes murs…

Tu l'as rencontré sur le port où souvent tu vas attendre les bateaux et tes futurs clients. Il débarquait de Rome. Il venait pour aider son oncle armateur, mais avec toi il a vite oublié les bateaux.

Tu l'as remarqué à peine débarqué. C'était toi, ce jour-là, le désir de la ville. Tu l'as pris par le bras, il t'a regardée étonné mais il s'est laissé faire. Il t'a suivie et, dans sa main, ta main tremblait déjà tellement il était beau. Tu l'as emmené très loin, vers les chantiers. La nuit tombait, le vent se levait tout juste. Tu t'es allongée dans la sciure fraîche et d'abord tu as caressé son visage. Pour deviner sa peau, deviner sa beauté dans le noir. Les doigts frôlent une barbe courte, frisée. Une fine moustache borde la lèvre. Soyeuse et charnue, cette lèvre. Ton doigt s'attarde, étale la salive que tu sens à la commissure. Tu remontes jusqu'à l'échancrure des narines. Peau duveteuse de la joue. Un grain de beauté sur la gauche. Pommette juste éclose. Si lisse. Puis les yeux fermés – et le bruit de sa salive avalée lourdement – tu parcours les grands sourcils arqués jusqu'au crêt rectiligne du nez. Ton doigt revient sur les narines, sur l'accolade qu'elles donnent aux lèvres. Tu aimes ce lieu de son visage. Les narines frémissent. Le souffle de l'homme frissonne tes cheveux. Tu défais vite sa tunique, ta main glisse jusqu'à son sexe. À peine l'as-tu touché qu'il crie, te griffe, jouit dans ta main, s'affaisse contre toi, les narines contre ton visage. Leur accolade sur ta bouche. Ta main masse son sexe, déploie le sperme. Tu la portes à tes lèvres, tu le répands sur ses lèvres et les tiennes. Sur l'accolade des narines. Tu les lèches doucement. Il halète encore. Odeur de sciure fraîche.

Au loin, le bruit des bateaux entrechoquant leurs mâts sous le vent qui se lève. Le bruit des bateaux. Au loin.

Dans la rue inondée de soleil, la foule s'agglomère pour voir le spectacle, et Marie approche, intriguée. Elle a du mal à se glisser en avant, et pour surprendre quoi ? Rien ou presque rien : un couple qui marche dans la rue des Stèles, main dans la main. Sauf que l'homme et la femme sont nus, avec leurs vêtements sur les épaules. Ce qui met en joie les badauds. Certains désignent le couple avec des gestes entendus : ces deux-là, le soleil a dû leur taper sur la tête ! L'homme est romain, à en juger par sa coiffure. Ils passent devant la foule, le visage impassible, les yeux fixés droit devant eux, et s'éloignent. Les badauds se dispersent. Marie reste seule dans la rue. Quelque chose l'étonne cependant. Ces derniers temps, on commençait à voir pas mal de gens se promener nus dans les rues, sans raison apparente (elle veut dire : sans qu'ils soient fous et sachant très bien ce qu'ils font). C'était le troisième cas, ce mois-ci. Et chaque fois ils s'en vont dans la direction du désert. Que peuvent-ils y faire ?

« Avec le soleil qui tape et sans ombre, ils ne vont pas durer longtemps ! dit, juste à côté d'elle, un homme qu'elle n'avait pas entendu approcher.

— Mais pourquoi vont-ils au désert ?

— Ce sont des Chrétiens », répond l'homme sur un ton d'évidence.

Des Chrétiens. Et alors ?

Marie ne comprend toujours pas. Mais quelque chose l'a frappée dans l'attitude de l'homme et de la femme. Ils marchaient droit, presque rigides, sans voir les gens qui s'entassaient et ricanaient sur leur passage. Avec un regard dur, lointain, comme… Comme des somnambules, oui. Ou comme des gens hypnotisés. Le sexe mou et tout ridé de l'homme ballottait drôlement tandis qu'il avançait. Il devait avoir une quarantaine d'années. Pas mal de sa personne avec une figure marquée par le grand air. Alors que la femme était blanche, si blanche ! Sa peau n'avait jamais dû voir le soleil. Elle avait des seins énormes qui ballottaient eux aussi comiquement. Et un pubis avec juste une ligne verticale de poils blonds et frisés. Une sorte de tonsure. Marie pense aux coups de soleil qui l'attendent avec une peau pareille ! « Des fous », se dit-elle en partant et en songeant au sexe mou de l'homme.

Depuis quelque temps, les agissements des Frères chrétiens – comme ils se désignaient eux-mêmes – commençaient à inquiéter sérieusement les païens et les autorités d'Alexandrie. Les Chrétiens étaient reconnus officiellement dans tout l'Empire, ils étaient devenus des citoyens à part entière et célébraient leur culte en toute liberté. Ils possédaient leurs institutions, leurs églises, leurs basiliques, leurs oratoires et même, depuis peu, leurs nécropoles, ce qui évitait à leurs âmes toute promiscuité avec l'au-delà des païens. Mais aux yeux de certains – des Frères chrétiens notamment – tout cela ne suffisait pas. Ils ne supportaient plus la coexistence avec les cultes et les dieux anciens, ni la compromission du Christ avec l'idolâtrie. La tolérance dont faisait preuve le clergé égyptien, qui associait sans réticence aucune le Christ à Pythagore, Osiris, Zeus, Orphée sur les autels et dans les temples, cette tolérance leur était précisément intolérable. Les Chrétiens ne réclamaient plus simplement le droit d'avoir leurs convictions mais de les imposer. Déjà, à plusieurs reprises, ils s'étaient livrés à des violences contre les sanctuaires. Cela n'avait pas été très loin jusqu'à ces derniers temps : inscriptions et menaces sur les murs des temples, déprédations, statues renversées ou brisées. Mais maintenant ils s'en prenaient aussi au personnel. Un prêtre d'Horus venait d'être attaqué, battu et frappé à mort par des Frères chrétiens. Chaque jour ce climat de violence, d'intolérance s'alourdissait, entretenu par l'étrange complaisance du patriarche Théophile qui, pas une fois, n'avait élevé la voix contre ces agissements.

Il en est toujours ainsi avec la tolérance : elle ne peut par nature lutter contre le fanatisme. Les Égyptiens d'Alexandrie avaient adopté Christ, le nouveau dieu, comme ils avaient adopté les dieux syriens, phéniciens, grecs et romains. Tous les dieux avaient leur place ici. Le pays d'Isis se voulait le réceptacle terrestre de tous les cieux, de tous les cultes, de tous les mondes que l'homme portait en lui, en leur offrant ici *un infini commun*. Jamais un tel réceptacle n'avait encore existé sur la Terre, une telle promesse de fraternité spirituelle : le Christ, la Vierge, Zeus, Isis, Sérapis, Ishtar, Pythagore, Moïse et Abraham, encensés, adorés côte à côte ! Oui, *cela eût pu être alors*, ce rêve inouï de la fraternité des âmes. Mais c'était compter sans l'intolérance des Juifs et des Chrétiens et surtout sans le fanatisme des Frères. C'était compter sans l'histoire réelle de Dieu parmi les hommes.

La cour surchauffée. Des enfants jouent dans un coin d'ombre. Pas un souffle de vent. Odeurs de cuisine, relents de poisson réchauffé. Dans ce quartier de Rhakotis où se rassemble toute la misère d'Alexandrie, vivent ceux qui travaillent au port, aux chantiers maritimes, à l'arsenal, aux nécropoles. Et vivent aussi ceux qui sont sans travail : paysans égyptiens qui ont fui leur terre en raison des impôts trop lourds, soldats romains, mercenaires grecs ou syriens déserteurs, tous futurs mendiants, une détresse cosmopolite. Et des femmes, frêles, énormes, jeunes, vieilles, lisses ou poilues, s'entassent dans la pièce unique et les cours, dormant parfois dehors à même le sol avec les gosses qui se succèdent dans leur ventre et grandissent entre les cris, la canicule, les ordures et la faim. C'est ici que tu vis, que tu as voulu vivre, Marie, ici que tu travailles. Tu aimes ce quartier avec ses odeurs d'homme, de friture, de sueur, de poisson, de détritus que les vents venus de la mer sont impuissants à balayer. D'ailleurs, qui va jusqu'à la mer ? Elle est à peine à cinq cents mètres mais aucune de ces femmes ne l'a vue. Aube, midi, minuit : une vie de terre battue, de vaisselle grise, de lessive, de latrines. Seule évasion : un clair carré de ciel intense. Et l'horizon du linge séchant et frissonnant aux souffles du désert. Et toi, Marie, qui râles d'amour jour et nuit dans ta pièce. Ici, nul bruit humain ne gêne. Cris, râles ou pleurs, tout s'exprime au grand jour. La misère n'a que faire de la pudeur et des cloisons. Elle est ouverte et nue comme la cour, le désert, le ciel. Les gosses du voisinage sont depuis longtemps habitués à tes râles. Ils les imitent même dans leurs jeux, certains jours. Des râles impressionnants pour qui les surprendrait à l'improviste. D'abord, en toi, une respiration, comme une inspiration prise avant de plonger très profond, un souffle qui s'accélère, se mue en murmure insistant, puis en râle rauque, puis clair, puis aigu, enfin le cri, le hurlement parfois – aux limites de l'épuisement. Une silhouette qui s'en va. Le silence.

Un gosse soulève le torchon qui te sert de rideau. Tu es par terre jambes et bras écartés, tu regardes le plafond – branches et feuilles séchées de palmier. Ta main caresse encore ton sexe trempé, écarte les lèvres mauves, masse le clitoris. Ultime gémissement. Là-haut, entre les palmes jaunes, une araignée a fait sa toile. Tu la remarques pour la première fois. L'homme a laissé une seule pièce en bronze sur le sol.

Par chance, il n'y avait pas que des Chrétiens à Alexandrie. Entre la mer et le désert, sur les places, dans les cours, sur les terrasses ou dans les ruelles de cette ville, défi à l'espace, au désert, à l'Égypte et à la raison, rêve lucide d'un conquérant qui ne put exister qu'en se heurtant mythiquement à l'impossible, en cette ville vivent aussi des hommes et des femmes qui sont, à leur façon, un défi au bon sens, à la raison des autres. Mais, après tout, quoi de plus naturel que de voir les rêves se rencontrer, se relier, s'incarner à travers le temps ? Quoi de plus naturel que de voir naître l'impossible méditation là même où la ville impossible a surgi ? Alexandrie abrite aussi ces hommes, ces femmes d'un monde autre. Ils traversent parfois par petits groupes les ruelles de Rhakotis quand ils se rendent vers la mer ou à quelque réunion clandestine. Ils aiment ce quartier, de préférence à d'autres, parce qu'il est à leurs yeux l'exacte image de notre condition terrestre : immondices, promiscuité, cris, amours vénaux, misère, exil dans le bourbier des jours et des cours. Ils aiment ce quartier et souvent ils le traversent. Ils lui ont même donné un nom, un nom à eux : *Feu obscur*.

Marie est toujours à terre, allongée sur la natte, une main assoupie sur le sexe. Une mouche bourdonne autour de l'huile de la lampe. Que de mouches à Alexandrie ! Que de mouches en ce pays ! En Égypte, il y avait des dieux, des héros, des pyramides, des hypogées, des obélisques, des pharaons, des scribes et des vizirs, des faucons, des crocodiles, des lions, des chacals, des hippopotames, des antilopes, des ibis, des ichneumons et des oryctéropes, mais il y avait surtout des mouches. La ville entière, cette ville-déchet, cette ville-détritus où les ordures s'amoncellent partout, même devant les temples, la ville entière est la proie des mouches et des moustiques. Les premières vrombissent de l'aube au crépuscule, les autres prennent le relais du crépuscule à l'aube, si bien que les nuits et les jours ne sont qu'un susurrement, un bourdonnement perpétuels, le râle d'une mer impudique. Et ne parlons pas des jours de sacrifice, quand on fait cuire la viande sur les autels, que les graisses se mettent à fondre et disparaissent à vue d'œil sous des nuées de diptères ! Les dieux, bizarrement, ne semblent pas incommodés par les insectes. En tout cas, ils ne font rien pour les chasser, en dépit des prières des fidèles. Si bien qu'elles sont partout, ces mouches, sur la terre battue, les murs, les ordures, les temples, les autels et surtout sur les yeux et les plaies des enfants. Insistantes. Exaspérantes. Inapaisables. Inépuisables. Partout. Et aussi, maintenant, sur la main de Marie endormie.

L'homme gesticule au carrefour, juché sur un socle nu. Robe noire et froissée, cheveux longs, barbe folle. À ses côtés, un bâton surmonté d'une croix. Un Chrétien. Mais pas un Chrétien des villes. Un de ces solitaires misanthropes vivant dans les déserts, au fond d'un trou de sable, passant leur temps à prier au soleil en invectivant les démons et qui, hâves, affamés, hirsutes, délirants, viennent à Alexandrie pour y prêcher la fin du monde. Des exaltés, des illuminés (mais porteurs d'une lumière noire, désespérée, haineuse, d'un abîme d'obscurité glapissante et d'aubes avortées). Celui-ci, du haut de son socle, se délecte des horreurs qu'il débite aux badauds : le monde est condamné, gangrené, pourri, perdu, il va finir incessamment et malheur à ceux qui seront encore dans le stupre des villes au lieu de prier Dieu dans le désert ! Oui, le monde va finir, la Terre à l'agonie se refroidit déjà par la mort imminente du Soleil, la défection des astres. Les villes vont s'effondrer, rongées par la vermine issue de leurs idoles, tout va crouler, pierres, chairs et âmes réunies…

Marie écoute, Marie sourit. « Qu'a-t-il contre la chair, celui-là ? Pas étonnant qu'il ne la supporte pas ! Il n'a qu'à renifler la sienne : sale, puante, noircie par le soleil, fermentée sous les couches de sueur ayant séché sur elle depuis des années. » Marie a dû subir pas mal de gens puants dans son travail, mais elle n'a jamais vu d'être aussi sordide que ce moine. Car il ne puait pas de l'ordure familière des villes mais sécrétait un remugle de suint ranci, un miasme de momie qu'on aurait oublié d'embaumer. De charogne desséchée au désert. Mais une charogne éructante. « Le pauvre ! pensa-t-elle. Ce n'est pas le monde qui se décompose, c'est lui ! »

Sans bien les connaître, Marie évitait d'instinct les gens du désert. Pas les nomades, qui, eux, ne venaient jamais jusque chez elle, mais ces prétendus chrétiens échevelés, sales et fanatiques, toujours vêtus de loques ou de tissus grotesques. Avec leurs habits et leur corps crasseux, leur odeur de momie en décomposition, ils apportaient avec eux un monde repoussant et incompréhensible, un monde délabré et surtout inhumain dont Marie pressentait qu'il la rejetait tout entière, elle, son corps, son désir, ses plaisirs. Certains Grecs ou certains Romains critiquaient la prostitution, la combattaient parfois mais ne la traitaient pas par le mépris. Eux, ces pouilleux des sables, ces hirsutes de l'infini, ces charognards de Dieu passaient leur vie à dénoncer la vie. Les rares fois où, comme aujourd'hui, Marie s'était arrêtée pour écouter leur boniment, elle avait clairement, indubitablement senti que tôt ou tard l'affrontement serait inévitable et qu'un jour il faudrait choisir : elle ou eux.

Les dieux sont à jamais partis. Fragments à peine identifiables, poussières tronquées, miettes de mémoire, voilà ce qu'il reste d'eux. Quelques temples se dressent encore ici et là mais aucun prêtre n'ose s'y aventurer de peur d'être lynché ou lapidé par les Chrétiens. Statues, trésors, offrandes, archives, tout a été pillé, brûlé ou dispersé. Certains sanctuaires ont été transformés en églises, d'autres en dortoirs et même en fermes. Il ne reste plus à l'Égypte qu'à survivre dans le cœur de ses fidèles. Mais cela aussi devient problématique, car les Chrétiens exigent maintenant la conversion de tous les Égyptiens. Montrer que l'on reste païen de cœur, que l'on garde sa foi, c'est risquer sa liberté et même son existence.

Alors, à travers toute l'Égypte, faible et ténue en ses débuts, commença de monter la plainte ultime, la plainte diffuse d'une terre mutilée de son soleil radieux, tarie de ses légendes vives, vouée à la mutité des pierres historiées d'hiéroglyphes. Une plainte où se mêlaient les cris aigus d'Horus redevenu faucon céleste et orphelin, la lourde rumeur des marais où se cachait Thouéris, les jappements d'Anubis errant dans le pourquoi des sables, et le thrène sourdant de la douleur d'Isis. Les étoiles, elles aussi, semblent émettre des pépiements ténus, comme ces grappes d'oiseaux piaillant la nuit dans le secret des nids, des pépiements disant les cauchemars de Neith, la déesse du ciel, contrainte de quitter elle aussi l'Orient et l'Occident du monde, de quitter l'infini lui-même…

C'est alors que, voyant l'Immuable déserter l'Égypte, le Nil cessa d'être un dieu d'eau et redevint un fleuve.

Ce soir, Marie est seule. Étrange. Les clients sont venus le matin et tout l'après-midi. Ce soir, personne. Quand elle est seule ainsi, elle aime s'étendre sur sa natte et regarder le plafond de sa chambre, le dessin des palmes séchées, imbriquées comme de longs doigts entrelacés. Elle ne l'avait pas remarqué jusqu'alors : au-dessus d'elle, ce n'était pas un plafond, un entrelacs de fibres et de feuilles mais une étreinte, une étreinte de palmes ! Ainsi tressées, elles forment des couches épaisses, insécables. Il y a comme un lit au-dessus de sa tête où se célèbrent peut-être des amours invisibles. Cela l'amuse. Des années de prostitution l'ont dégoûtée de beaucoup d'hommes mais jamais de son propre corps. Quand on est née dans la misère, une seule alternative : prostitution ou esclavage. Être vendue aux hommes de passage ou à quelque famille romaine ou grecque. Pour rien au monde, elle n'aurait voulu être esclave. D'ailleurs, quand on est une fille, être esclave revient aussi à se prostituer. Tous les mâles de la famille vous passent dessus, du grand-père au puceau. Et, si l'on tombe enceinte, on retrouve ensuite votre corps dans un terrain vague. Quelle chance d'avoir échappé à l'esclavage, d'être restée libre, même prostituée ! Elle est l'esclave de son corps, c'est vrai, mais une esclave aujourd'hui consentante, car elle aime le sexe et le sperme des hommes au point que quelquefois, quand le « vertige » la prend, elle s'offre au premier venu, pour rien, ou plutôt rien que pour retrouver tout de suite l'odeur et le goût du sperme. Et puis elle vit seule. Sa mère, très tôt, devant ses promesses évidentes, la laissa se débrouiller. Elle vit seule, prostituée mais libre, seule, entièrement seule, au milieu des milliers de solitudes d'Alexandrie.

Et puis elle est belle. Certains le lui ont dit, ceux qui prennent le temps de la regarder, de lui parler, de rester un peu avec elle après l'amour. Pas ceux, bien sûr, qui entrent sans même dire bonjour, sexe brandi, et la prennent là, à moitié habillés, debout, assis, n'importe où et n'importe comment. Dans ces moments-là, sa chair s'absente, se fige, son corps devient aussi lourd qu'un tombeau où le sexe de l'homme se perd, s'évanouit. Un corps-sépulcre. Un hypogée où le plaisir avorte. Est-ce cela que ressentent les vraies momies dans leur nuit glacée ? Continue-t-il, leur corps, ce corps ficelé, emmailloté, rigide, à éprouver la sensualité de la nuit ou n'est-il que néant ?

Marie est sûre, en tout cas, que le corps humain possède des infinis inexplorés. Comme celui que suscite le contact d'une fourrure. Un jour, elle avait treize ou quatorze ans, elle dormait nue pendant la sieste et un chat vint se lover sur son ventre. La chaleur de l'animal la réveilla à demi, elle se mit à le caresser machinalement, la bête ronronna et son poids émut peu à peu sa chair, comme le contact léger d'un duvet. En son demi-sommeil, elle caressait une sorte d'ange au corps soyeux, pesant délicieusement sur son pubis. Elle frotta doucement l'animal sur son sexe et tout son corps devint fourrure, soie vivante, elle se mit à flotter dans une brume sensuelle, soutenue par des mains invisibles, étirée dans l'espace (et des années, bien des années plus tard, nantie d'un autre corps, osseux, émacié, inhumain, assoiffé d'ascèse, un corps devenu aussi sec et rigide qu'une carcasse d'insecte à force de prier sous le soleil, elle ressentit exactement la même sensation et s'aperçut alors avec effroi *qu'elle flottait réellement dans l'espace*, qu'elle priait en réalité *légèrement au-dessus du sol*, et peut-être ce futur miracle avait-il commencé ce jour-là avec cet ange-chat venu pour alléger son corps), étirée dans l'espace, distendue, ramifiée. Quand elle revint de cet envol imprévisible, elle fut presque surprise de se retrouver sur sa natte, dans une pièce embrasée, corps en sueur et cœur en folie avec, au bas du ventre, un indicible ronronnant.

Marie les rencontra le lendemain. Le lendemain de sa méditation sur les amours des palmes, l'étreinte inanimée des feuilles, le désir des momies dans la mort, les zones inexplorées du corps. Un groupe d'hommes et de femmes – habillés, ceux-là – passaient à nouveau rue des Stèles. Une vingtaine de personnes, jeunes et vieux, une femme enceinte et des enfants. Eux aussi se dirigeaient vers le désert. Mais ils n'étaient ni lointains ni hagards. Ils s'arrêtaient au contraire ici et là et bavardaient avec les passants. L'un d'eux, un jeune homme, ou plutôt un homme jeune, portait une barbe fine comme celle de cet adolescent que Marie, un temps, avait aimé dans la sciure des chantiers. Mais l'homme de la rue avait un visage plus dur avec des yeux cernés, des cheveux crépus, un teint foncé lui donnant l'air d'un Éthiopien. Sauf que ses lèvres étaient moins charnues. Elles étaient même serrées, aussi dures que son visage. Elles ne devaient pas savoir embrasser, frôler, lécher des lèvres de femme. C'était clair. D'ailleurs, elles étaient loin de penser à l'amour, car elles s'agitaient pour l'instant en direction d'un badaud romain et lui disaient : « Ouvre les yeux ! Ouvre-les donc ! Tu ne vois pas que ce monde est fini, que la mort est partout ? Fuis vite ! Le Christ t'attend au désert. Il revient ! Malheur à ceux qui seront dans les villes. Fuis vite ! Il revient ! » Et, tout en parlant, en criant même, l'homme avait saisi le badaud par sa tunique et le secouait si fort que la chair tremblotait tandis que l'autre répétait : « Réveillez-vous ! Réveillez-vous ! » Le badaud se débattait : « Mais laissez-moi, laissez-moi ! Je ne vous ai rien fait. Laissez-moi ! » jusqu'au moment où il put se dégager et s'enfuir. L'homme jeune le regarda partir avec un sourire méprisant. Il se détourna et ses yeux croisèrent ceux de Marie. Elle lui sourit si tendrement, si sensuellement qu'il resta sur place, interloqué. Jusqu'à ce qu'un de ses compagnons le tire de sa rêverie et l'entraîne avec lui. Le groupe s'éloigna en entonnant des hymnes. Les enfants couraient ici et là, croyant à une promenade. Une promenade !

« Mais qu'ont-ils tous à partir au désert ?

— C'est devenu une manie, ces derniers temps.

— Pourquoi toujours le désert ? questionna Marie à son tour.

— Parce que, au désert, on meurt ou on renaît ! » répondit une voix derrière elle, grave mais à l'inflexion chaleureuse.

Marie se retourna. Un homme partiellement chauve, d'une quarantaine d'années, vêtu d'un luxueux péplum violet, la dévisageait d'un air sympathique. Et Marie sut d'emblée qu'elle n'oublierait plus le bleu de son regard.

Donc, le monde va finir. Mais comment ? Et puis d'abord, quel monde ? Rhakotis ? Alexandrie ? L'Égypte ? L'Empire romain ? La Terre ? Le système solaire ? La galaxie ?

À l'époque des grandes persécutions, quand les vierges chrétiennes faisaient le délice des lions dans les arènes, les Chrétiens étaient persuadés que Dieu allait intervenir *d'un jour à l'autre* sur la Terre pour mettre fin à sa création dévoyée et au massacre de ses fidèles. Et plus ils devaient se terrer dans des cachettes souterraines, geôles, catacombes ou trous dans le désert, plus ils rêvaient d'espaces azuréens, de concerts d'anges dans les prairies du ciel, plus ils espéraient cette Apocalypse tant annoncée par les apôtres. *Apocalypse*, *apôtre* : ces deux mots étaient les mots clefs de leur cœur, les symboles d'une folle espérance congédiant à jamais ce monde avec ses temples aux idoles graisseuses et ses empereurs dénaturés. En la contrée de leurs prières, ils voyaient déjà étinceler leur corps de gloire dans l'auréole des soleils et le hosanna des nuées. Et ici, en ce monde de la perdition, ils croyaient déceler les signes annonciateurs de la fin, de la grande fusion et effusion des âmes. Mais quels signes ? Quels signes d'aurore peut faire un monde en son crépuscule ?

Depuis déjà deux siècles, les Chrétiens vivaient dans l'attente et le guet des signes, du moindre indice ou du moindre stigmate apposé par Dieu sur la matière du monde ou sur la chair des êtres. Dans les choses les plus humbles comme dans les plus grandioses. De la foudre à l'insecte traversant un sentier ; du séisme à la fleur qui tremble anormalement sous la pluie. Car tout peut être signe, y compris ce qui vient de l'homme : un mot qui vous échappe, un rêve plus clair – ou plus obscur – qu'un autre, un geste imprévisible, une maladresse inexplicable. Tout, eau, air, feu, nuit, aube et couchant, le vent parce qu'il a soufflé ou n'a pas soufflé ; un souvenir et un oubli ; une parole et un silence ; un oiseau vers l'orient, un autre à l'occident.

À Alexandrie, ces signes apparaissaient aussi dans la vie même de la cité. Ceux que l'on connaissait et que l'on attendait grâce aux *Oracles sibyllins* et qui faisaient du monde un clavier turbulent où Dieu improvisait nos catastrophes : séismes, inondations, incendies, famines, épidémies et quelques autres plus subtiles. Et ceux que fournissait le monde quotidien en ses bévues et défections : des graisses qui refusent de fondre sur l'autel ; des oiseaux délaissant les offrandes ; une femme s'offrant inexplicablement au premier venu dans la rue ; une autre accouchant d'un bébé mi-humain mi-poisson ; un nuage s'attardant juste au-dessus d'un temple et même l'incessant ressac de la mer qui disait, paraît-il, à ceux capables de l'entendre : A – PO – CA – LYPSE, où l'ultime syllabe s'achevait en bruissement d'écume sur le sable…

Signes. Des signes. Des milliers de signes. Des siècles de signes. Et pourtant le monde continue. La Terre perdure. Le ciel s'obstine. Le soleil insiste pour se lever et se coucher normalement. Les oiseaux pépient ou piaillent sans histoire. Les poissons persistent à rester muets. Et, pourtant, jamais on n'a écouté les chuchotements du monde avec une telle acuité, ni observé avec une telle intensité les herbes, les étoiles, les sources et les vents, les fleuves, les montagnes et jusqu'à la poussière obscurcissant les rues d'Alexandrie. Surtout la poussière, d'ailleurs. Parce qu'elle est justement une part de nous-mêmes. De notre corps, agrégat de poussière. Poussière piquante et fine hantant la ville aux heures de grégos, ce vent du sud qui répand partout la brûlure du désert et dénude les chairs et les âmes.

Cette poussière infuse et diffuse continue, elle aussi, de demeurer poussière. Elle non plus ne change pas, ne parle pas. Elle virevolte, légère et folle, insistante et inconsistante. Et que lire dans l'inconstance de la poussière ?

Ainsi se poursuivait en vain le guet des signes. Et l'incompréhension, l'impatience, la colère même se mirent à monter dans les cœurs.

Pourquoi Dieu ne leur parlait-il pas plus clairement ? Pourquoi ne déléguait-il pas un ange à la voix tonnante pour annoncer les signes indiscutables de la fin ? Dieu s'amusait-il donc avec l'angoisse des humains ? Avait-il besoin, lui aussi, de dissimuler ses pensées et de masquer ses intentions sous des rébus indéchiffrables, des énigmes de vent, de pluie ou de poussière ? Car, enfin, signifier la fin prochaine de la Terre *en faisant mettre au monde un bébé mi-humain mi-poisson*, par exemple, était-ce digne de Dieu ? Ou en faisant tourner une trombe de poussière de gauche à droite et non de droite à gauche ? Procédés désolants, amusements puérils : Dieu jouait aux pâtés de sable avec la Terre !

Alors, en ce troisième siècle finissant, en ce lieu si sensible du monde où l'Histoire s'exerçait à vif sur ces hommes écorchés qu'étaient les Chrétiens, en ce pays aux franges de l'Égypte et de Rome, de la Syrie et de la Grèce, en cette ville métissée où se formaient, se déformaient jour après jour les fontanelles du futur, une idée germa peu à peu dans le cerveau de ces hommes impatients qui allaient par la suite prendre le nom de Frères chrétiens. Et cette idée c'était qu'à y bien regarder Dieu avait dû abandonner les hommes ou qu'il jouait avec eux à un jeu inhumain. Et qu'en conséquence, si l'on voulait vraiment chasser l'idolâtrie, il ne fallait plus compter sur le ciel mais sur soi. Ce que Dieu n'accomplissait pas ou qu'il tardait à accomplir, les Frères Chrétiens, eux, l'accompliraient. Fini le temps des sermons, des mots et des menaces. Vive le temps des haches, des couteaux et des torches.

Et dès le lendemain éclatèrent les premiers incendies.

Le delta. Implantations liquides au cœur des terres, bras du Nil épandus en estuaire, réseaux des eaux boueuses, méandres des canaux s'écoulant vers le fleuve. Mais aussi implants de terre dans les marais, noces mouvantes des roseaux et des algues, îlots de tamaris, de papyrus, sables, boues, langues de terre fichées au gosier des lagunes, cabanes en jonc, prairies d'herbes flottantes, friable paysage avec envols de grands hérons dans la blessure des rives, appels de buffles enlisés, le delta, corps fluide, verdâtre comme un grand reptile endormi aux senteurs d'eaux primaires et par endroits des talus secs dominant les mouvances, une fragile certitude dans l'indécision des courants.

Ici, tout se mêle et tout s'enchevêtre, même le ciel et la terre. Et plus loin, sur le littoral, là où le Nil se jette contre le large, c'est la même alliance incestueuse des boues et de l'eau jaune, de la terre sourde et de la transparence, le même front de limons apposant leur toison sur la mer, longtemps, très longtemps, avant de se déposer sur le fond. Par endroits, le sol descend en pente si douce qu'on peut avancer très loin dans les eaux avant de perdre pied. Et, avançant ainsi, on ne rencontre plus devant soi que cette frontière frémissante où l'ocre des limons se mêle à la nuit outremer et où un goéland vient se poser entre deux vagues, blanche interrogation. Ici prend fin l'Égypte, le pays immuable, ici commence un autre espace, une autre histoire où le temps lui-même devient fluide et fond les éléments – air, terre et eau – en vagues d'opacités changeantes, en jeux de formes et de substances. À mesure que l'on avance dans la mer, on croise des débris d'algues, des déchets de toute nature arrachés au rivage, un monde détritique qui dit aussi la présence effritée de l'homme. Et comme cet endroit, à l'ouest de la ville, est particulièrement propice à la marche infinie dans l'eau, il fut choisi depuis longtemps par les hommes singuliers pour s'y baigner et célébrer les rites d'immersion. Par l'homme au regard bleu, par exemple, celui qui parla dans la rue à Marie et dont elle n'oublia plus le visage.

C'est pourquoi, ce matin-là, Marie avançait avec lui dans la mer, loin de la côte, escortée par les compagnons. Ils se mouvaient avec lenteur, sans parler, juste avant le lever du soleil. L'eau leur venait jusqu'à mi-cuisses. Marie entrait dans la mer pour la première fois, éprouvait pour la première fois ce contact insinuant des vagues. Elle ignorait la nage, mais elle n'avait pas peur. De chaque côté, un homme la tenait par la main.

Elle sentait le sol doux et mou sous ses pieds. L'eau était tiède et trouble. Tenue, soutenue par les compagnons, elle éprouvait en son corps un frisson merveilleux, un massage insistant, soyeux tout au long de ses jambes. Quand l'eau gagna le haut des cuisses, tous s'arrêtèrent. Le regard bleu se détacha du groupe et s'immobilisa face à Marie. Le vent se levait, rendant la mer légèrement houleuse. L'homme se pencha, plongea ses mains dans l'eau, les emplit. Puis il se releva et dit, en fixant la flaque tremblante dans ses paumes :

Toi qui es eau et qui es terre
Qui es lumière et boue mêlées
Toi qui es source et qui es cendre
Qui es berceau, tombeau mêlés
Toi la salubre et la salie
Toi la sainte et toi la souillée
Toi la très sage et l'insensée
Qui es début, qui es déchet
Notre parente, notre image
Tu es notre mère, notre fille
Et notre épouse et notre sœur.

À cet endroit, il s'arrêta et tous reprirent en chœur avec lui :

Et notre sœur et notre épouse
Et notre fille et notre mère
Et notre fille et notre épouse

Et notre sœur et notre mère
Et notre épouse et notre mère
Et notre fille et notre sœur
Et notre fille et notre mère
Et notre sœur et notre épouse.

Et en disant le mot *épouse*, l'homme bleu s'approcha de Marie, entrouvrit légèrement ses paumes et sans quitter ses yeux laissa l'eau couler doucement sur son front.

Marie frissonna, non de froid ou de peur mais de saisissement d'abord puis de plaisir. Jamais elle n'avait éprouvé de contact aussi doux sur sa peau. Si ce n'est avec la fourrure du chat, en son enfance. Une eau comme une huile, une onction, comme un onguent d'un autre temps. Elle ferme les yeux, étreinte de bonheur. Les compagnons font cercle autour d'elle et, tandis que l'aube effleure tous les corps, que la mer bat doucement son ventre et qu'un oiseau blanc, silencieux, se pose tout près d'elle, le groupe chante ou plutôt psalmodie lentement : « Tu es notre sœur, notre épouse. »

Et tous se retournèrent vers l'horizon pour assister au lever du soleil.

Nous naissons, nous vivons, nous mourons au cœur d'un bourbier, d'un brasier moribond, au cœur des cendres – tièdes encore – d'une création qui alluma dans l'univers des millions d'incendies stellaires, qui sut former la nuit, la lumière, les étoiles, mais qui ne sut donner à l'homme l'essence ni la grandeur qui, pensait-on, lui revenaient. Nous vivons au cœur d'une boue de matières, de déjections, défécations, excrétions, d'un gâchis de désirs et de gestes avortés, d'une couche de soumissions, démissions devenues une part de nous-mêmes. Ce qui est écaille au reptile, carapace pour les insectes, coquille pour le coquillage est sur l'homme, en l'homme, ce sédiment d'impuissance et de résignation qui aboutit à le rendre dissemblable à lui-même. Les Gnostiques – car ces hommes singuliers étaient justement des Gnostiques – vivaient au cœur de cette noire irradiation, de cette lucidité en l'obscur de nos jours, de cette conscience d'une genèse, d'une promesse inabouties. Remonter à l'erreur première, gravir en sens inverse le parcours de nos chutes, recommencer en somme notre naissance manquée, telle était la tâche essentielle.

Voilà pourquoi ces gens que l'on nommait Gnostiques choisissaient pour mener à bien cette tâche désarmante (je veux dire : la folle ambition de restituer à l'homme sa grandeur évincée), choisissaient des villes cosmopolites comme Antioche, Rome ou Alexandrie, des villes où le côtoiement des ethnies, des coutumes et des croyances mêlait aussi mythes et rites et proposait dans le foutoir cosmique un chaos plus habitable et plus humain, un chaos où tout pouvait être conçu, enseigné, voire vécu. Rien ne vaut une eau trouble pour y clarifier nos désirs. C'est là qu'ils naissent et c'est là qu'ils s'épurent. Combien de fois, enfants, n'avons-nous pas à la campagne en quelque flaque immonde ou dans le creux d'une ornière sinistre découvert notre image à travers le linceul pourrissant des feuilles, la poussière des insectes morts et la dérive des nuages, oui, à travers la boue, l'eau terreuse, le ciel trouble, découvert avec éblouissement notre visage ? Rien ne vaut une eau trouble pour concevoir, pour enfanter. C'est d'elle que naquit la vie, non d'une source claire ou d'une mare aseptisée. Rien ne vaut une ville trouble, une ville-foutoir, une ville-désordre pour y penser l'ordre des choses. Rien ne vaut une ville-chaos pour y former un nouveau monde.

Alexandrie, la ville-delta, présentait tous ces avantages. Ici, tout se mêlait, tout s'échangeait, tout était merveilleusement trouble. Entre l'eau douce et l'eau saumâtre, entre le limpide et le terne, musardait la frontière séparant l'ordre du désordre, la conscience de l'inconscience comme celle qui, dans le delta, partageait l'harmonie des roseaux du chaos turbulent des lagunes. Ici, la pensée bouillonnait, brassait et écumait le temps. Et les Gnostiques la recueillaient dans leurs prières et leurs formules :

Avec la boue, on fait les briques
Avec les briques, on fait les murs
Avec le porphyre, les palais
Avec les pierres, les pyramides
Mais avec l'homme que fait-on ?

Avec le bois, on fait les meubles
Avec le lin, on fait les linges
Avec le fer, on fait les armes
Avec l'or, on fait les dorures
Mais avec l'homme que fait-on ?
Avec le blé, on fait le pain
Avec la vigne, on fait le vin
Avec la bufflesse, le lait
Et avec le buffle, la viande
Mais avec l'homme que fait-on ?

Telles étaient les devinettes que se posaient entre eux ces hommes, Basilide, l'homme au regard bleu, et ses compagnons. Pour eux, vivre au cœur d'un bourbier n'était pas une simple image. La première conduite à tenir était de bien prendre conscience qu'il ne s'agissait pas d'une comparaison mais d'une identité. C'est pourquoi ils parcouraient la ville en ses quartiers les plus crasseux et les plus miséreux, comme celui de Rhakotis. À travers les immondices qui s'y amoncelaient, dans les miasmes émanés des latrines ou les relents venus de tous les détritus de l'homme, ils décelaient l'odeur de notre déchéance. Ils recherchaient le suffocant et le pestilentiel, non par goût ou dépravation, mais parce qu'il importait de respirer, pour bien s'en imprégner, chaque émanation de l'erreur.

« Si nous sentons mauvais nous-mêmes, si le monde alentour exhale la puanteur, c'est parce que gîtent en nous l'imposture et la contrefaçon, qui nous vouèrent à chuter des hauteurs du Plérôme, à nous alourdir de matière, nous lester d'animalité. En notre sueur, en notre sperme, c'est la bête qui pue en nous. En nos images, en nos mirages, c'est l'animal qui gouverne... », disait Basilide à ses compagnons.

Marie l'écoutait, écoutait les autres, non sans être surprise quelquefois, sidérée même, par leurs idées si singulières et la façon dont ils les appliquaient dans la vie. Elles se mélangeaient plus ou moins dans sa tête, mais l'important pour elle n'était pas là. Il était dans la présence familière, la douceur et la gentillesse de ces hommes et de ces femmes qui lui donnaient le sentiment de les connaître depuis très longtemps. Rien à voir avec les braillards et les excités du désert qui venaient pousser aux carrefours leurs cris de fin du monde. Pour les Gnostiques, le monde ne pouvait pas vraiment finir puisqu'il n'était pas vraiment né. « À vie apparente, mort apparente », disaient-ils. Ce qui mourait – ou paraissait mourir – en ces temps de déficience et de mensonge n'était pas le monde lui-même mais son reflet, son apparence en nous et l'illusion qui si longtemps avait fait croire à tous qu'il était éternel. Dans la grande mutation que traversait l'Égypte, les Gnostiques devinaient l'écroulement des masques, la mise à nu du Temps. Quand les rideaux du ciel tomberaient sur cette agonie théâtrale (ils voulaient dire : mensongère), peut-être les yeux des hommes s'ouvriraient-ils à l'évidence, peut-être alors comprendraient-ils que le monde où ils vivaient n'était depuis toujours qu'une parodie, un simulacre, une illusion interposée entre notre conscience endormie et la réalité suprême cachée bien au-delà du ciel perceptible à nos yeux. Ils comprendraient peut-être qu'au lieu de vivre ils avaient simulé, représenté leur vie sur le théâtre de la Terre avec pour partenaires des figurants et des *illusions d'hommes* ; qu'au lieu de vivre, ils avaient joué un rôle écrit à leur insu par les puissances et les archontes étrangers à eux-mêmes : qu'ils s'étaient en somme – ou qu'ils avaient été – fourvoyés ici-bas. Que le vrai monde, que la vraie vie étaient ailleurs. Que, pour les retrouver, il fallait tout reprendre depuis le commencement. Être Gnostique, ce n'était au fond *que* cela : savoir que l'on portait un masque de naissance (et donc pouvoir le jeter bas) ; qu'on étouffait sous un déguisement de chair (et donc s'en dépouiller par l'ascèse ou par la débauche) ; que, tout étant truqué, le salut consistait *à ne pas jouer le jeu du monde.* Mais en ces heures où l'histoire imagée des empires approchait de son dénouement, où les rideaux du ciel allaient tomber peut-être sur cette agonie théâtrale, n'était-il pas déjà trop tard ?

Des cris stridents, atroces réveillèrent brutalement Marie. Elle s'était endormie chez elle après le baptême de l'aube. Le soleil était haut dans le ciel. Il devait être midi passé. Elle sortit. Près de chez elle, à quelques ruelles de là, en direction du port, des fumées noires s'élevaient. Des gens couraient de tous côtés. Les uns criaient, d'autres avaient l'air de s'amuser. Elle se précipita mais comprit vite qu'il ne s'agissait pas d'un incendie accidentel. Car la plupart de ceux qui accouraient, au lieu d'apporter de l'eau et des seaux, avaient aux mains du bois, de la paille, des chiffons qu'ils jetaient dans le feu. On incendiait volontairement une maison, la maison d'une famille païenne. Et les badauds faisaient cercle tout autour pour empêcher les victimes d'échapper au brasier. « Idolâtres ! Idolâtres ! » criait la foule. « En enfer ! En enfer ! » Les cris entendus par Marie et qui l'avaient tirée de son sommeil étaient les hurlements des habitants de la maison, cernés, enfermés chez eux et incapables de sortir. Le brasier devint si chaud que la foule dut reculer. Dans la cave, des amphores d'huile se mirent à éclater sous la chaleur. À un moment, quelqu'un hurla, montrant du doigt parmi les flammes une forme qui s'agitait : un corps à demi calciné, comme une momie tronquée, une souche déchiquetée, se souleva un instant avant de retomber dans le brasier. Ce qui restait d'un corps humain. Il y avait un couple, une vieille femme, trois enfants et deux esclaves dans la maison. Tous enfermés, incendiés, anéantis. Parce qu'ils étaient païens et refusaient de se convertir. Et que, depuis quelques jours, un édit impérial venait de proscrire tout culte et foyer païens. Alors, les Frères chrétiens purent s'en donner à cœur joie. En commençant par cette maison. Et en s'égaillant, torches en main, pour rechercher les autres.

Quand elle n'a rien à faire, que nul client n'a franchi l'huis de sa pièce obscure, qu'elle est lasse d'observer sur le plafond l'étreinte figée des palmes, Marie file la laine. Sa mère ne lui a enseigné que deux choses : filer la laine et faire jouir un homme. Il n'y a guère de rapport entre ces deux activités mais Marie leur trouve une parenté secrète. Pour quelques sous de bronze, elle vend ses écheveaux sur les marchés ou s'arrange avec ses voisines, dont beaucoup filent elles aussi, pour mettre leur travail en commun et se partager l'argent. Et c'est vrai qu'elle aime sentir entre ses doigts le fil se tordre et se détordre, se tendre et frissonner comme un cordon vivant. Filer lui permet d'occuper sensuellement ses mains sans accaparer son esprit. Et en filant, elle rêve. À quoi ? À sa vie de prostituée indépendante ? Vie singulière, c'est vrai. Exceptionnelle en cette ville où toutes les filles sont contrôlées, prises en charge par une matrone ou un *léno*, un souteneur, en général marchand d'esclaves qui règne en maître et en tyran sur son cheptel de vulves et de fesses. Personne à Alexandrie n'échappe à la matrone ou au léno. Personne, sauf Marie. Elle a eu cette chance très tôt, et, plus tard, le courage de persévérer. Elle n'a ni souteneur, ni matrone, ni amant, ni même client attitré. Hasard, plaisir et liberté, voilà sa devise. Hasard des corps, des corps imprévisibles soulevant le rideau crasseux (et si souvent ignobles et grossiers !), hasard des plaisirs, pris et donnés selon les épidermes, les caresses et les positions. Et surtout liberté, liberté de sa vie, de ses choix et de ses refus. Liberté de ses rencontres. Liberté de ses gestes. Liberté de ses rêves. Le plaisir est au corps de Marie ce qu'est la prière à l'esprit de l'orant : un chemin, serein ou tourmenté, pour connaître l'exultation. Un chemin pour échapper au corps justement, atteindre ces moments inexprimables où l'on oublie son poids humain.

Comme le jour de son extase silencieuse, enfant, avec le chat. Ce corps allégé, flottant, déserté par la gravitation. Sensation qu'elle éprouve aussi, en moins intense, lorsqu'elle va se baigner dans la mer, depuis cette aube avec l'homme bleu et ses compagnons. Elle y retourne assez souvent, seule ou avec l'un d'entre eux, un garçon aux yeux noirs, aux cheveux de jais descendant très bas sur le front, presque jusqu'aux sourcils. Comme une perruque rude et touffue qui lui donne l'air d'un bélier quand il baisse la tête. Il se nomme Marcellus, il est romain. Ou plutôt il se nommait Marcellus et il était romain. Pour les Gnostiques, être grec, romain, égyptien ou syriaque sont des mots qui n'ont aucun sens. Pas plus que de porter un nom que les autres ont choisi pour vous. Un nom qui ne peut être *votre* nom. L'homme étant sur la Terre l'habitant d'un orphelinat planétaire, il ne saurait avoir de nom ni de patrie. Marcellus, lui, s'est donc donné un nom gnostique, un vrai nom : APATOR, qui veut dire sans père ou de père inconnu. Il l'a tatoué sur son torse et Marie aime passer son doigt sur l'arête de la cicatrice, en parcourir les lettres une à une avec sa langue. Quel nom étrange pour un amant !

« Mais ce n'est pas un nom, lui répond-il. C'est un état, la condition de l'homme. Ma condition. Toi aussi, tu es *apator*, tu ignores quel est ton vrai père… »

Il parle d'une voix posée, sur un ton légèrement ironique ou infatué, du moins aux yeux de Marie. Au début, il faisait aussi l'amour avec manières et même affectation, mais Marie eut tôt fait de le dévergonder, de lui communiquer les fièvres de son corps.

Leur premier amour, justement. Elle était allée se baigner tôt avant l'aube, à l'endroit de son baptême gnostique par l'homme bleu. Nue. Elle l'aperçut sur la rive, lui fit signe. Il se déshabilla, la rejoignit. Ils avancèrent en marchant sur le fond jusqu'au moment où ils perdirent pied. Alors, ils se laissèrent flotter main dans la main. Marie se sentait bien, sans peur aucune de couler. La mer la portait doucement, sans qu'elle eût à bouger. Il suffisait de s'étendre sur elle, de tout son long, comme sur un corps fluide et bruissant de caresses. Un moment, elle étendit la main sur le ventre de l'homme, saisit son sexe, déjà bandé, le caressa. L'homme se renversa sur l'eau, nagea vers elle. Marie prit sa queue, l'introduisit en elle. L'homme eut un coup de reins maladroit et elle dut s'agripper à ses cheveux pour ne pas enfoncer. Elle sentit le sexe au fond d'elle, l'homme qui jouissait déjà, les yeux fermés. « Je lui apprendrai à jouir les yeux ouverts », pensa-t-elle, tandis que toujours étreints, imbriqués, sans un mot, ils se laissaient flotter, dériver dans l'aube apatride.

Des nuages. Des milliers de nuages accourus de tous les coins du ciel. De toutes densités. Opacités. Luminosités. Monstruosités. Somptuosités. Un vrai théâtre de nuées. Une apothéose de folies fluctuantes. De délires noués et brisés. De gibbosités inconstantes. De silhouettes fantasques. Oui, voici, esquissées, tracées, imagées dans l'aurore d'Alexandrie une épopée de souffles, une tragédie de flammes.

Depuis l'aube, la foule des Chrétiens s'est rassemblée dans les rues, sur les places, sur le port et sur la jetée de Pharos pour assister à ce déferlement de figures. Médusée, terrifiée parfois, elle suit des yeux avidement ces vertiges d'albâtre, ces batailles indécises où se dévoilent enfin, pour la première fois, les signes de l'ombre et ceux de la lumière. Ici, un cheval géant cabré vers le zénith, nimbé d'une crinière de flammes ; là, une muraille frangée de lances et de casques ; plus loin, toute une armée qui gonfle, se déploie pour se diluer en un blanc carnage de bras, de têtes, de torses lentement déchiquetés. Un ossuaire d'anges et de fantômes. Et maintenant, voici, au ras de l'horizon, à l'extrême de la mer, une ville entière, intacte, avec ses toits, ses coupoles, les fumées de ses maisons, les volutes roses des encens, les églises étincelantes, une forêt de croix dans le tremblement de l'aurore. Et l'on y entend les rumeurs d'un cortège, d'une foule, des cris, des appels, des sortes d'hosanna, et même un grondement comme le défilé cadencé d'une armée. Au point que certains tendent ardemment l'oreille contre l'espace pour mieux surprendre les messages : le ciel se déciderait-il enfin à parler ? Alors, parmi les gens, quelqu'un hurla : « Jérusalem ! C'est la Jérusalem céleste ! » Et la foule devint folle, se mit à crier, prier, trépigner, rire, pleurer. Une ville hystérique. Une cité de larmes et de joies. « Le Christ ! Voici le Christ ! Regardez-le ! » Et des milliers de bras tendus désignent au fond du ciel une silhouette immense où se forment deux bras, puis un visage où transparaît l'éclair des yeux et les longs cheveux dévalant le crâne des nuées, les épaules inouïes d'un… spectre anthropoïde se disloquant soudain, se ternissant, s'amenuisant…

Ainsi vivait Alexandrie, lors de chaque alerte orageuse, à chaque aurore tourmentée. Chaque jour, la ville entrait en transe quand les nues tremblaient sur la mer dans la fraîcheur de l'aube, que des vapeurs narquoises et sournoises esquissaient dans le ciel rosaces et batailles pour simuler l'instant final du monde. Final ? Mais non. Le monde continuait. Et la ville. Et le temps. Et l'absurde, l'incorrigible attente des Chrétiens.

Dans le désert, à des dizaines et des dizaines de kilomètres d'Alexandrie, dans l'infini salé du Ouadi Natroun, les Chrétiens rencontrés quelques jours plus tôt par Marie dans la rue des Stèles, ce groupe avec des femmes, des enfants, des vieillards et cet homme jeune « aux yeux cernés, au teint foncé lui donnant l'air d'un Éthiopien » qui avait si violemment pris à partie un badaud romain, ces gens qui quittaient à jamais la ville pour attendre la venue du Christ en plein désert, ces Chrétiens aujourd'hui agonisent. Depuis quelques jours, il n'y a plus la moindre goutte d'eau. Nudité. Soleil insoutenable. Croûte de sel brûlant. Les dépressions bordées de dépôts de natron où l'on trouvait encore à boire une eau atrocement salée qui rongeait la gorge et les reins, même ces dépressions ont disparu. Chaque aube, chaque crépuscule, ils ont attendu l'apparition. La Parousie. Pendant dix jours. Rien n'est venu. Ni Christ, ni Jugement, ni Parousie. La journée se passait alors à chercher un coin d'ombre, un buisson calciné où parfois ils devaient se blottir tour à tour. Maintenant, ils n'ont même plus la force de repartir. De refranchir l'horreur salée qui les attend. Les premiers à mourir, gorge tétanisée de soif, furent les enfants et la femme enceinte. Dans ses spasmes, elle accoucha d'un bébé mort et mourut à sa suite. Les autres regardent, hébétés, tapis chacun en son buisson funèbre. Ni signe ni pitié du Soleil et de l'horizon. Chaque jour, un ciel nu, albinos, un vide inexorable et un désert avec ses ossements de buissons et de souffles, ses squelettes à peine respirants, blottis sur un linceul de sel.

L'homme jeune est resté le dernier à survivre. Il s'est assis, refusant de mourir couché. Il s'est tourné vers l'est, en direction d'Alexandrie, en direction d'une rue enfiévrée, bruyante, où se mêlent en son souvenir les images d'un badaud grotesque et les yeux tendres d'une femme qui l'invite à venir à elle. Que n'y est-il allé ? Pourquoi avoir dédaigné cet appel ? Il meurt, un soleil obstiné dans les yeux et ce sourire dans la mémoire. Il meurt, les yeux ouverts, face au désert, face au remords insoutenable. Il meurt, ossifié vivant, statue de sel encore orante. Un souffle, une prière presque inaudible sourdant des lèvres. Une prière… Puis les yeux opaques, révulsés. Les lèvres pétrifiées. Ces lèvres « un peu moins charnues que celles d'un Éthiopien ».

Romains, Grecs, Syriens, Égyptiens, Chrétiens, païens, Juifs, Gnostiques, comme ils sont beaux, les noms de votre temps ! Ces noms pleins de substance, de lumière, des noms qui disent des alliances, des destinées et des désirs, qui disent le ciel, la terre, les anges, l'azur, le feu. Des noms qui portent en leurs syllabes le limon des légendes ou les sceaux de l'Histoire, la mémoire des dieux défunts ou l'invention d'un nouveau ciel. Des noms qui font de chaque humain le réceptacle d'une image, d'une prière ou d'un émoi : Poïmen, berger des âmes ; Théodore, don de Dieu ; Porphyre, homme pourpre, élu des dieux ; Tellus, amant de la terre ; Zénon, homme souverain, élu de Zeus ; Evagre, homme errant ; Théophraste, créature de Dieu ; Sisoés, oint du ciel ; Paphnuce, sceau de chair ; Eustache, l'inébranlable ; Eugnoste, le bienveillant ; Hermotime, honoré d'Hermès ; Ephraïm, aimé du Seigneur ; Ignatios, igné de Dieu… Et pour les femmes : Thérasia, celle qui cherche Dieu ; Mélania, voilée nocturne ; Potiamiène, celle qui apaise la soif ; Olympia, celle qui vient de l'Olympe ; Eusébie, pieuse ; Eustochia, ardente vers son but ; Auxentia, croissante ; Zénobia, vigueur de Zeus ; Eudoxia, glorifiée ; Théonoè, entendue de Dieu ; Kophaena, le couffin du ciel…

Les Gnostiques n'avaient pas de nom ou du moins disaient ne plus en avoir. Ils se décernaient donc des appellations, des attributs disant leur condition terrestre : l'Errant, l'Étranger, l'Égaré, l'Allogène, l'Apator, l'Apatride. Ou leur condition corporelle : l'Obscur, l'Emprisonné, l'Alourdi, le Défunt, l'Endormi. Ou au contraire leur libération, leur accès à la gnose : l'Éveillé, le Lumineux, l'Igné, le Délivré, l'Incorruptible, l'Affranchi, le Parfait, l'Inconditionné. Les femmes, elles aussi, si essentielles et si présentes dans les communautés gnostiques, étaient magnifiées par des appellations disant leur rôle et leur pouvoir : Vase d'élection, Urne de félicité, Voie du salut, Échelle de l'extase, Port des âmes, Étincelle du Plérôme, Défaite de l'Archonte…

Mais ces termes étaient trop généraux pour les communications personnelles des Gnostiques entre eux. Quand un Errant cosmique rencontrait une Échelle de l'extase, j'imagine qu'ils se parlaient par d'autres noms ou d'autres prénoms, plus concrets et plus familiers. Comme Basilide, Épiphane, Carpocrate, Simon, Valentin, Cérinthe, Ptolémée, Marcos ou Alexandre. Ou encore Monoïme, Apollonie, Alexandra, Marcellina, Jornandès, Phérécyda, Héracléon, Symmaque et Jonathan…

L'apator Marcellus parlait souvent avec Marie dans la pièce de Rhakotis qu'il préférait à d'autres lieux, notamment aux chantiers où Marie aimait entraîner et expérimenter d'abord ses nouveaux amants. Il lui parlait bien sûr de la gnose mais surtout de la terre, ce feu obscur, et du corps. Prostitué des anges ou des hommes, esclave du ciel ou de la Terre, le Gnostique voyait dans le corps une prison, le tombeau de l'âme. Un tombeau mort, que l'on tuait par la pratique de l'ascèse, des jeûnes et de la continence. Ou un tombeau vivant que l'on usait, qu'on épuisait par tous les délires et délices de la chair. Puisque ce corps nous tue ou du moins nous empêche d'être, puisqu'il est une gangue, un écran, un sarcophage, un dévoreur de chairs, il faut l'amoindrir, le combattre (faute de pouvoir le supprimer), il faut le dévorer lui-même et l'user en en abusant. « Le corps est à notre âme ce qu'est la nuit au jour, disait Marcellus, ce que la caverne est au ciel. Un puits sans fin, un gouffre où l'âme tourne en rond. Il est fait de nuit, de pesanteur, d'opacité, il nous enserre, il nous étouffe, il… »

Marie le fit taire en posant un doigt sur les lèvres de son amant. Elle n'aimait pas cette façon de parler du corps. D'ailleurs, elle ne comprenait rien à ce qu'il racontait. Quand ils faisaient l'amour ensemble, il ne donnait pas du tout l'impression de tourner sans fin dans un gouffre ni d'être un prisonnier qui étouffe ! Pour Marie, le corps n'avait rien à voir avec un tombeau. C'était un assemblage naturel de chairs, d'os et de muscles, une écorce vivante et vibrante dont elle aimait précisément les frissons et les spasmes, les secousses et les séismes. Absolument tout le contraire d'un tombeau. Un berceau, une promesse, un instrument dont il fallait savoir se servir. Doigts et caresses expertes pouvaient faire résonner, vibrer Marie jusqu'à l'extase. Pouvaient même aller jusqu'à la priver de sa pesanteur, lui donner cette sensation inoubliable éprouvée le jour « du chat sur son pubis », essor, envol, ce flottement entre deux ondes ou deux espaces, ce…

Mais où trouver les mots, comment les faire comprendre à celui qui n'a jamais ressenti cette liberté, cette légèreté du corps ? Qu'avaient-ils tous maintenant, Gnostiques et Chrétiens, gens raffinés et moines hirsutes, à s'en prendre à la chair, à la haïr et à la rendre responsable de tout ce qui va mal ? Pourquoi le désir, le plaisir seraient-ils un mal ou une malédiction ? Marie aimait, adorait son corps, même son corps galvaudé de pute d'Alexandrie, car elle sentait en lui un compagnon, un frère de chair qui épousait toutes les fantaisies de son esprit, un frère docile et si semblable à elle (n'avaient-ils pas grandi, aimé ensemble, son corps et elle ?), il était son habit de lumière, taillé à la mesure de ses choix et de ses refus, il était un chemin, un sillage, un porteur, un donneur de vertige. Lorsque Marie se masturbait, de ces masturbations où le corps tout entier, arcade ardente, se cambrait, elle sentait ce que personne n'avait senti, ni les Chrétiens, ni les Gnostiques, ni les ermites, ni les prêtres, ni les sages, ni les prophètes, elle sentait que le corps était errance et résidence, sillon de cendres ou sillage d'étoiles, qu'il était fait d'argile et de souffle mêlés, unis jadis par les caresses heureuses de quelque dieu potier…

À réfléchir ainsi, elle en oubliait Marcellus. Jusqu'au moment où elle s'aperçut qu'elle avait laissé son doigt, tout ce temps, sur les lèvres de l'apator ! En la voyant sourire, l'autre écarta son doigt, se releva :

« Je reviendrai bientôt te chercher pour te présenter nos compagnes. Mais tu dois changer de nom. Il faut trouver ton vrai nom.

— Sillage d'étoiles, ça te plaît ?

— Magnifique ! Comment l'as-tu trouvé ?

— Grâce aux sottises que tu débites. Alors, mon corps est un tombeau ? »

Et, le voyant de nouveau perplexe, elle reposa son doigt sur ses lèvres.

En Égypte, la vie continuait. Dans l'Empire aussi et sur toute la Terre. Le ciel était redevenu un écran nu, un entracte d'azur entre deux actes de nuées. De nouveau, les signes se taisaient, le monde retrouvait son inertie. Le Nil charriait ses eaux, les roseaux frissonnaient sur ses rives, les oiseaux s'ébattaient comme si de rien n'était, les buffles rêvassaient dans la boue des marais, couverts de taons énormes. Le sang du monde continuait de couler, avec les eaux, avec les boues, de couler et d'irriguer par le pays, le long des rives, les clairs bosquets de sycomores. Le sycomore, cet arbre qui dit la terre d'Égypte comme le Nil en dit le sang. Le soleil, filtré par l'entrelacs des feuilles toujours vertes, y projette sur le sol des figures mouvantes, toute une foule de dessins changeants. Comme si, par le tamis des frondaisons, l'invisible glissait ses doigts éblouissants et tentait de nous esquisser la réponse à l'énigme, réponse toujours estompée par une autre !

Puisque le ciel n'est plus qu'une scène inconstante, un mime aux gestes de plus en plus évanescents, que le Nil a cessé d'être un dieu, que l'Égypte tout entière se terre désormais dans l'anonymat de ses sables, peut-être alors faut-il chercher les signes de la fin – s'ils perdurent – dans la précarité de l'immédiat, le jeu d'un insecte, les broderies de la lumière au pied d'un sycomore ou le cri soudain grave, alarmant, d'un faucon planant au-dessus des canaux ? L'Égypte s'épuise à vouloir déchiffrer son présent, à vouloir questionner l'inexplicable. L'Égypte veut faire parler, prophétiser le monde, mais de toute évidence le monde n'a plus rien à dire…

En fait, loin de ces délires forcenés, l'Histoire continuait forte, mouvante, tragique et obstinée. L'Empire romain, devenu chrétien, inversait ses signes et son but mais ne les congédiait nullement. Des sources résurgentes continuaient de faire sourdre dans les consciences un besoin de divinités. Les idoles détruites ressuscitaient en icônes, les temples renaissaient en églises, l'*ankh* égyptienne se muait en croix, et Byzance remplaçait Rome. Les visages eux-mêmes se modifiaient, mimant l'émaciation des prophètes et des solitaires, avec un regard absolu et tout au fond des yeux le clair levain de la résurrection. Ce n'était plus la placide attention des figures de scribe ni la sérénité contrainte des vizirs mais un éclair, un incendie parfois brillant sous les paupières et annonçant le Christ tout-puissant des coupoles. Ce qui, alors, embrasait l'Empire en Égypte et dans le Proche-Orient était cette foi et ce pouvoir nouveaux qui muaient le monarque non plus en empereur divinisé mais en représentant, en vicaire de Dieu sur Terre. Et chaque édit prenait alors une force et une conviction novatrices puisqu'il n'exprimait plus le désir arbitraire d'un homme mais la volonté de Dieu lui-même, à travers la parole impériale. Les mots eux aussi s'allégeaient de leur ancien limon, se chargeaient de cette neuve audience : *Anastasis, Analipsis, Métamorphis, Koimissis*[1] devenaient seuil, portique, vertige sensibles des syllabes. Quant au ciel prosaïque des foudres et des orages, prodiges et prestiges le désertaient jour après jour. Au point de n'être plus qu'une profonde vacuité, un désert blanc où tournoyaient encore inexplicablement, sans désirs et sans cris, de grands faucons couleur de cendre.

Quand le « vertige » prenait Marie – et il pouvait la prendre n'importe où à l'improviste –, plus rien n'existait que la quête immédiate et instante

1. Résurrection, Ascension, Transfiguration, Dormition.

de l'odeur, du contact et du goût du sperme. Peu importait alors de qui venait ce sperme. Tout homme normalement pourvu pouvait faire l'affaire. Le seul problème, si le « vertige » arrivait dans la rue, était de pouvoir entraîner le donneur choisi (qui en général se laissait faire, plutôt sidéré) dans un lieu voisin et isolé, car il n'était pas conseillé, en ces temps de puritanisme chrétien, de se jeter soudain sur un passant, de lui arracher la tunique et de le masturber ou le lamper devant la foule. Cela, Marie le réservait à des rencontres plus intimes lorsqu'elle passait ses nuits dans les quartiers aisés d'Alexandrie au milieu des jeunes gens du beau monde qui la louaient pour la circonstance. C'était une pratique courante à l'époque – et qui persista, plus discrètement, même après la venue au pouvoir des Chrétiens – de louer des courtisanes ou des prostituées pour une nuit ou même plusieurs jours. Marie n'aimait pas se louer pour très longtemps, mais elle acceptait volontiers de se livrer, pour une nuit, aux convoitises de quelques fils de famille, plus ou moins délurés et plus ou moins vicieux, et d'en passer par toutes leurs fantaisies. Elle était même très recherchée pour ce genre de plaisirs car son corps mince, ses seins minuscules mais très fermes – cédrats roses, disait Marcellus – et surtout ses fesses très dures d'adolescente plaisaient beaucoup aux Grecs. Ils la pénétraient d'ailleurs en garçon, presque toujours. Ils s'y mettaient même souvent à deux, l'un en sa vulve, l'autre en ses fesses, et s'enlaçaient, s'embrassaient, et se pourléchaient à travers elle, en un roulis de râles dont elle sortait à demi étouffée, chavirée et quasi nauséeuse. Et là, même après ces orgies, il lui arrivait de se précipiter soudain sur un convive encore vaillant, de saisir son sexe, de le rouler, le tapoter, le tripoter, le lécher, le pourlécher, le presser contre ses yeux et ses joues puis de le branler doucement, jusqu'au moment où elle devinait en ses paumes la montée du sperme. Alors, elle le laissait éclore sur sa bouche sans l'avaler, et en massait ses joues, comme une crème, un onguent de jouvence. Et elle demeurait là, repue, sans plus s'occuper de quiconque, humectant son front, son cou, ses lèvres avec le mucus de l'amour. Onctuosité, pour elle, inégalable du sperme chaud. Et cette odeur, ce goût d'aubier de saule dont elle imprégnait ses lèvres et sa langue pour les garder en elle. Ne cessant de lisser, de relisser cette nacre qui séchait en laissant sur la peau le sillage irisé du désir.

Souvent aussi, elle recueillait le sperme dans ses mains, le contemplait, le faisait couler, glisser entre ses paumes – comme une ondée de chaud mercure –, puis s'en barbouillait le visage. Les initiées de Dionysos avaient coutume de se blanchir ainsi la figure – avec un mélange de craie, de farine et d'eau – avant leurs bacchanales nocturnes. Car il fallait pour affronter le dieu effacer d'abord sa figure humaine, se prémunir contre les forces de la nuit par ce masque lunaire. Présenter en somme un visage comme exorcisé pour maîtriser les transes de la course nocturne. Était-ce pour cela que Marie se masquait, blanchissait son visage de sperme ? Était-ce pour conjurer la folie de ses nuits, offrir au démon inconnu qui dictait ses « vertiges » – son Dionysos à elle – le visage rituel et grimé d'une transie d'amour ? Quand, après ces ablutions et ces barbouillages éperdus, Marie revenait à elle, elle avait le visage apaisé, serein et rayonnant d'une exorcisée du désir.

> Si un jour vous voulez connaître les bas-fonds d'une ville, en visiter les lieux les plus secrets, l'envers de son décor humain, oubliez donc les hommes, oubliez leur parcours, leurs chemins, leurs routines et *suivez le premier chien venu.* Car le chemin du chien est d'abord un chemin d'odeurs, défiant toute logique hominienne, une errance toujours imprévisible puisqu'elle est à la merci des souffles et des vents et qu'elle élit pour ses étapes les ordures et les dépotoirs. Ce que cherche le chien dans la ville n'est pas l'homme mais sa trace fétide, son ombre nauséeuse. Il hume, renifle, inspecte et absorbe au besoin tout ce que notre corps refuse d'assimiler ou de garder. De décharges en décharges, d'immondices en immondices, il suit nos sillages orduriers et nos constellations fécales, salue nos déjections,

vénère nos souillures. Ce faisant, il nous révèle moins l'envers des villes que l'envers de nous-mêmes. Partout où l'homme a marqué son séjour de restes détritiques, le chien passe après lui, marquant le sien d'un jet précis d'urine. Patte levée sur nos rebuts, il rend hommage à sa façon (façon cynique s'il en est) aux trophées avariés de nos jours, et aux fins dernières de nos nuits. Il est le visiteur de nos bestialités, l'annonciateur de toutes nos pourritures. Sans doute est-ce pour cela que dans l'Égypte antique le conducteur des morts dans l'au-delà était un canidé, le chacal Anubis, puisque la mort est d'abord odeur pour les chiens, une odeur d'immobilité et d'absence. Anubis flairait partout, dans les villes, les villages, jusque dans le désert, l'odeur de cadavre du monde, il était le découvreur des territoires de pestilence…

En Égypte et à Alexandrie les déchets s'amoncelaient partout, dans les cours, les rues, les places, sur les terrains vagues et jusque dans les nécropoles. Ils tissaient à travers la ville une trame de familières puanteurs. C'est là, sauf les jours où le grégos drainait ces odeurs vers le large, c'est là, dans les méandres de Rhakotis, que l'on sentait le mieux ce remugle de l'homme. Et c'est là, en ce quartier qu'ils avaient nommé *Feu obscur*, c'est là que les Gnostiques aimaient se promener. En suivant, quand l'occasion s'en présentait, le parcours fantasque d'un chien ou en inventant chaque fois un itinéraire différent. Au cours d'une de ces innombrables promenades, l'homme bleu, ce jour-là, disait aux compagnons : « Promenez-vous souvent dans ces ruelles, car leur labyrinthe est l'image de notre corps, de notre condition. Il est méandre comme nos intestins, il est réseau comme nos nerfs. En lui s'opèrent les digestions et les déjections de la ville, s'amoncellent les cendres de notre combustion. En lui tournent sans fin les promeneurs comme le fait notre âme dans le labyrinthe du corps. S'il est fait de méandres, de tours et de détours, c'est que nous-mêmes avons été séparés du vrai Dieu et que nos chutes successives dans l'épaisseur des mondes nous ont éloignés de la voie droite du salut. Et, si on y erre sans fin à la recherche de l'issue, si l'on se perd ici dans la lumière factice des ruelles et des cours, c'est qu'ayant oublié le chemin du vrai ciel nous sommes errance et dévoiement, nous sommes à nous-mêmes un insoluble labyrinthe. Respirez de toute votre force la puanteur de ces cours et de ces rues. Méditez sur le labyrinthe invisible qui ligote notre âme dans un réseau d'entrailles et dans les liens du sang. Dénouez ce réseau et défaites ces liens. Destituez le règne du sang, de la sueur et du sperme. Refusez la parenté, labyrinthe du sang ; refusez le travail, labyrinthe des sueurs, et refusez le pouvoir du sperme, labyrinthe sans fin de nos enfantements. Quand vous serez enfin sans parents, sans famille, sans ascendants ni descendants, quand vous aurez cessé d'être d'absurdes géniteurs, de stériles *employés* du cosmos, alors seulement vous pourrez entrevoir l'issue du labyrinthe. »

Ainsi parlait, certains jours, Basilide à ses compagnons. Ses compagnons, non ses disciples. Les Gnostiques refusaient le mot et la distinction de maître et de disciple. Chacun d'eux, tour à tour, prenait ses compagnons en charge, méditait avec eux, les enseignait, exerçait les fonctions de ce qu'ils nommaient eux-mêmes un éveilleur. L'éveilleur, ce jour-là, était Basilide. Et il avait choisi, pour leur parler, le thème du labyrinthe au cœur de Rhakotis.

Quand il eut terminé, chacun ferma les yeux et médita. Chacun ferma les yeux pour mieux sentir aussi l'odeur de notre condition. Et, *ce jour-là*, notre condition d'homme sentait :

l'eau croupie d'un bassin où flottaient des entrailles de poisson
le parfum de résine et de bois d'un chantier proche
la cendre encore tiède d'un feu dans une maison voisine
le corps d'un chaton mort en putréfaction
le souffle de la mer pimenté des odeurs du port
un relent de graisse froide dans un four éteint.

Ainsi passaient-ils leurs jours dans les ruelles de la ville : cour après cour, remugle après remugle, humant et reniflant à perte d'âme l'Alexandrie des chiens.

Tous ceux qui connurent Marie, vrais amants s'entend, s'attardant auprès d'elle et la revoyant au besoin comme l'apator et quelques autres et non les clients anonymes d'un soir, tous ceux qui connurent Marie n'oublieront jamais l'éclat de ses yeux dans l'amour. Légèrement entrouverts et humides au début, quand les caresses la faisaient gémir doucement, ils s'ouvraient et s'agrandissaient jusqu'à devenir un regard brillant, puis lumineux puis étincelant puis rayonnant puis flamboyant. Mais ce n'était pas le partenaire qu'elle regardait dans ces moments-là. À travers les houles de jouissance, ses spasmes de sirène se fondant en la proue de l'amant, ses yeux fixaient au loin, derrière, un point, un espace de vertige, un néant de lumière où son être éclatait. L'iris s'enflammait d'abord puis la pupille se dilatait et l'œil s'illuminait tout entier, laissant entrevoir l'éclair d'une rétine en fête. En ces moments d'intense extase, Marie voyageait loin de tous et livrait à l'amant ou à l'ami choisi (car elle savait d'avance à qui elle ferait don ou non de ce voyage) les profondeurs réelles de sa chair. Elle livrait son véritable abîme, celui des yeux – et non du ventre – par où sentir, saisir la nuit aveuglante du corps. Comme ces cavernes closes dont parlent les légendes qui, une fois l'an, à Noël, à minuit, s'entrouvrent quelques instants pour laisser voir en leurs entrailles des merveilles et des trésors éblouissants (et malheur à qui s'y introduit, fasciné par tant de richesses et oublie d'en ressortir avant la fin des douze coups de minuit, car alors les rochers se referment et le murent à jamais dans leur nuit). Ainsi pouvait-on se perdre, s'abîmer dans les yeux de Marie, ébloui par la fulgurance du pays rétinien.

Depuis longtemps, les Gnostiques savaient que là, en ce pays du fond de l'œil, reposait une trace de l'étincelle originelle, l'ultime suture du divin, la faille par où affleure – ou peut affleurer – l'invisible. Oui, là, au nadir embrasé du regard, on peut surprendre, à certains moments, l'entrée et la promesse du royaume. Et c'est sans doute pour avoir découvert en Marie, tout au fond des yeux de Marie, cette présence de l'invisible, pour en avoir vécu l'inoubliable aurore, que les Gnostiques avaient fait d'elle – une certaine aube – leur sœur et leur épouse et leur fille et leur mère. Pour cela qu'ils l'avaient admise parmi eux. Qu'ils aimaient faire l'amour avec elle. Pour cela qu'ils l'avaient élue parmi les Vases d'élection, les Urnes de félicité et les Échelles de l'extase. Ne pouvant plus oublier cette étoile détenue dans le fond de ses yeux.

Le désert. Aux portes de la ville, il est le lieu où toute ville perd son sens, où le temps lui-même se met à déserter. Gisant de sable. Insatiable de feu. Insatiable de ciel. Momie incandescente de lumière. Comme une étoile brûlant au ralenti l'hélium de ses siècles. Pour qui en ignorait les pistes et les amers (on appelait « amers » ici les dépressions gorgées de sel liquide), il était un lieu de perdition, un enfer. Mais aussi un paradis pour quiconque voulait y expurger son cœur, épurer sa mémoire de la mémoire des villes et de l'histoire des hommes. Ici, on ne rencontrait que le vide ou le diable ou les anges. De l'inhumain, du sous-humain, du sur-humain. Avec un programme assuré de visions, de paniques ou d'extases. Seuil, parvis, refuge, sauveterre. Matrice éployée, minérale. Miroir. Vu la stérilité du visible et du sable, on pouvait à loisir y enfanter l'invisible et l'inconcevable. Vu la lumière de l'immense, on pouvait y mirer à loisir tous ses visages, le profane, le profond, le masque de ses peurs, les prémices de ses angélismes. On pouvait aussi ne *rien y* voir du tout. Mais, alors, c'était signe que la mort, le néant approchaient.

En ces temps où la victoire du Christ accordait à l'univers une survie providentielle, où l'Église devait désormais s'associer – s'identifier même – à l'Empire, certains Chrétiens, de plus en plus nombreux, avaient décidé de ne plus rien attendre du monde ni de l'Histoire, de chercher dès à présent ailleurs le royaume attendu. Laissant les villes à leurs espoirs déçus, à leurs vaines paniques, laissant les hommes à leur attente absurde, ils s'en allaient dans le désert et s'installaient dans des falaises, des cabanes de feuilles et de branches, des tombeaux délaissés. Pour y vivre dès cette Terre la mort future. S'y clôturer dans la lumière. S'ensevelir dans l'infini. Et ne plus se soucier que de leur parution aux portes du royaume.

Et vite, très vite, ils devinrent des milliers. À partir et survivre de constante agonie. Chacun en son repaire, en son trou, en son aire. Son aire solitaire. Son aire de silence, d'absence à tout le reste des vivants.

L'éveilleur ce soir-là se nommait Monoïme. De son vrai nom, l'Étranger. Depuis quelques années, et surtout depuis cette montée de la violence chez les Frères chrétiens, les Gnostiques préféraient se réunir pour leurs cérémonies intimes en des lieux qu'ils tenaient secrets. Beaucoup d'entre eux se disaient et se sentaient chrétiens, mais on devinait déjà, à travers les fulminations du patriarche, qu'il existait pour lui les bons et les mauvais Chrétiens. Et surtout les vrais et les faux. Et les Gnostiques – ils le savaient fort bien – étaient de plus en plus suspects pour les gens du patriarcat.

L'éveilleur, ce soir-là, se nommait Monoïme. Quand Marie entra, la cérémonie était sur le point de commencer. L'Étranger se tenait au centre d'un demi-cercle formé par les compagnes et les compagnons, une galette de pain à la main. Il fit sur elle le signe de la croix, la rompit en deux morceaux qu'il tint entre ses paumes et dit, parlant au pain :

Ce n'est pas moi qui t'ai semé
Ce n'est pas moi qui t'ai foulé
Ce n'est pas moi qui t'ai fauché
Ce n'est pas moi qui t'ai brisé
Ce n'est pas moi qui t'ai meurtri
Ce n'est pas moi qui t'ai pétri
Ce n'est pas moi qui t'ai roulé
Ce n'est pas moi qui t'ai brûlé.

À chaque strophe, les compagnons reprenaient en chœur la dernière phrase jusqu'à l'instant où Monoïme murmura :

Pardonne-nous de t'avaler

en distribuant le pain à tous les assistants.

La pièce était vaste. Marie s'y était retrouvée après un long parcours de nuit dans les ruelles, derrière Marcellus. Il devait s'agir d'une citerne désaffectée, car elle était voûtée avec un pilier à chaque angle et une colonne décorée en son milieu. Le groupe était peu nombreux, une vingtaine de personnes tout au plus. Marie remarqua à côté l'entrée d'une autre pièce. C'est là qu'ils se dirigèrent après la cérémonie du pain. Monoïme alluma les flambeaux. Ils révélèrent une salle plus spacieuse que la première où étaient disposés le long des murs des tables et des lits à la romaine. Tous y prirent place. Marie se retrouva à côté d'un frère en qui elle reconnut Épiphane, un des compagnons présents lors de son bain rituel et qui avait pour vrai nom l'Allogène. Et seulement alors, quand tous furent installés, elle s'aperçut que femmes et hommes étaient en nombre égal.

Ils mangèrent d'abord en silence, assez longtemps jusqu'au moment où l'on servit le vin. Marie aimait le vin, mais n'avait guère l'occasion d'en boire. Il était rare et cher à Alexandrie. C'était un vin qu'il fallait faire venir de Grèce, épais, noir, plutôt doux, chargé en alcool et qu'on buvait en le mélangeant d'eau dans un cratère. Chacun mangeait à sa guise mais, quand un convive voulait boire, il devait lever sa coupe et prononcer une invocation à l'un des trois cent soixante-cinq éons ou archontes célestes. Et tous devaient boire avec lui quand il la portait à ses lèvres. Si bien que l'ivresse, une douce ivresse, s'installa parmi les convives.

L'éveilleur donna le signal de la fin en levant sa coupe à son tour et en disant :

« En ce vin il y a le jus, il y a le feu. C'est le feu qui nous ouvre les portes de l'ivresse et de la vérité. Dans l'homme, il y a le sang, il y a l'étincelle. C'est l'étincelle qui nous ouvre les portes du salut et de la vérité. De même que le feu réside au fond du vin, de même que nous buvons ensemble le même feu, lions nos étincelles, lions leur vérité, aimons-nous frères et sœurs et épouses et filles et mères. Faisons de tous une étincelle, un désir et un corps uniques. »

Et sur un signe de l'éveilleur, tous se dévêtirent.

Ils sont vingt, dix femmes et dix hommes. Nus maintenant. À se regarder en silence. Puis une fois les tables enlevées, ils se disposent en deux rangs face à face, femmes d'un côté, hommes de l'autre. Ils se regardent, toujours en silence. L'éveilleur passe au milieu des rangs, se dirige vers le mur du fond, se retourne et murmure :

— Aimons-nous, frères et sœurs
Épouses et filles et mères et fils.
Faisons de tous une étincelle,
Un désir et un corps uniques.

Tous reprirent :

— Un corps unique.

Puis chaque femme s'approche lentement de l'homme qui lui fait face. Marie est devant Basilide, le regard bleu (et sur l'heure, toute à l'attente de ce qui allait suivre, elle ne prêta pas attention au fait que chacune ou chacun, en se disposant en deux rangs, avait très certainement élu d'avance son partenaire et qu'elle se retrouvait en face du regard bleu parce qu'elle avait été choisie par lui à son insu), l'éveilleur dit alors :

— Aimez-vous selon l'agapè
Et détournez la ruse de l'Archonte.

Alors les femmes s'avancent à genoux vers les hommes. Lumière enfumée. Crépuscule des murs. Chaque compagne a dans sa main le sexe de son compagnon. Elle le caresse, le lèche, le branle. Mais l'éveilleur veille : pas de caresses réciproques. Pas de jouissances prématurées. Le rite consiste à recueillir le sperme. Dans les mains ou avec la bouche mais sans l'avaler. Surtout sans l'avaler. Urne de félicité, Vase d'élection, Échelle de l'extase, Défaite de l'Archonte, chaque récolteuse cueille le sperme et le garde ou le restitue dans ses mains. Elle se relève. L'éveilleur s'avance. Chacun se met en cercle. L'éveilleur dit :

— Vous avez détourné la ruse de l'Archonte
Maintenant vous pouvez pratiquer l'agapè.

Chaque Urne, Vase, Échelle, Défaite, après y avoir trempé ses lèvres, tend ses paumes où tremble le sperme à chaque errant, étranger, apatride, allogène. Et chacun communie à la semence en murmurant : « *Ce n'est pas moi qui t'ai conçue.* » Marie ferme la bouche, délectée. Elle veut retenir en elle la merveilleuse ondée de ces hommes. Retenir la rosée des ciboires vivants. Délectée. Emportée. Elle avale d'un coup tout le sperme. Vertige. La communion prend fin. Alors, au signal, les flambeaux s'éteignent et tous se rejoignent, soudés dans la nuit gnostique.

Au début, il y avait l'Un. Dans l'espace impensable des origines, le germe de l'idée de l'homme ne faisait qu'un avec l'humus du ciel. Ne faisant qu'un avec la substance du monde et le désir divin. Puis il y eut la duperie, l'Archonte volant au père son projet, son dessein. L'Archonte dressant l'homme en genèse de ses mains maladroites, dressant la parodie et la contrefaçon face aux immensités. Il y eut le hideux simulacre jeté dans l'infini. Et il y eut la chute, l'interminable chute dans l'abîme du firmament. L'âme première, en sa descente aux sédiments du monde, s'alourdissant d'éther, puis d'air, de terre et de matière. Puis il y eut l'argile inexorable et la prison du corps. Puis l'enlisement dans le Temps. Les laves de l'Histoire et la boue des empires. Et pendant tout ce temps de chute vertigineuse, d'arrachement au vrai monde d'En haut, le cri de l'homme retentit. Le cri qu'on pousse en naissant, depuis la perte du premier silence. Qui tremble encore dans les poumons du monde. Le cri et la séparation. L'un ne va pas sans l'autre. Crier, c'est se séparer du silence. C'est ignifier les mots. Être séparé du ciel originel, être stigmatisé d'espace et crucifié d'absence, c'est crier en silence.

Et depuis cet éloignement, l'homme est en manque de lui-même. Et tout, en nous, en dehors de nous concourt à rendre irréversible cette séparation : le sang, le corps, la parenté, la tradition, la mémoire, le langage, patries et religions, frontières et infinis, interdits et tabous, tout ce qui nous conforte en le leurre de nous-même, qui nous rend distinct, distant des autres séparés du monde. Chaque clan, groupe et tribu, chaque caste, classe et parti, chaque chapelle et chaque école, chaque église et chaque nation, chaque hérésie et chaque orthodoxie, chaque réalité, chaque utopie ne se forme, ne se renforce qu'en se dressant contre les autres. Nous vivons au cœur d'un dédale d'affirmations aveugles, d'appropriations sans partage. Un désert de désirs étanches : notre terre.

Voilà pourquoi certains Gnostiques, afin d'abolir ou d'atténuer l'intolérable éloignement du Dieu caché, combattaient la séparation en supprimant l'une de ses voies : le sperme et la procréation. En détournant la semence humaine de son pouvoir d'enfantement, en empêchant la mise au monde de nouveaux séparés, en réduisant les fragmentations répétées de la matière et de la vie, ils pensaient remonter le courant dispersif, diminuer le pullulement des germes de notre déficience. En recueillant le sperme, ils le déviaient de l'utérus. Et, en communiant avec lui, ils le restituaient au corps indifférencié de tous les êtres, ils supprimaient en lui son pouvoir d'individuation. Faible manœuvre, certes, pour combattre la séparation cosmique et tous les émiettements de l'être. Mais en ce sperme émis, recueilli et béni, en cette rosée de la vie fractionnée et partagée par tous, ils voyaient le premier symbole et le premier agent du grand retour à l'indistinct. Du retour à la nuit première du chaos.

Soudés dans le chaos gnostique. Nuit des mains, nuit des palpes, des primaires étreintes. Nuit clanique des souffles. Nuit d'avant les frontières du sang. D'avant la séparation des béances. Vulves, anus, sœurs, frères, bouches, méats, filles, pères, cousinage insistant des lèvres et des langues, mères, fils. Nuit de l'errant, de l'étranger. Nuit de l'urne et du vase. Nuit d'avant l'hiver des tabous. Printemps des gestes. Tendresses en horde. Cortèges incestueux des bras. Chaos fraternel. Sperme indifférencié des cris. Gémissements des nouveau-nés de l'ombre. Embrassements de l'indistinct. Errances des bouches apatrides. Délices d'avant l'arrachement. Nœuds des corps, des souffles. Fusion des retrouvés.

Marie tourne, culbute, mord, lèche, roule au hasard des rencontres éblouies. Étreinte, étouffée, essoufflée de lèvres et de langues. Conjointe à l'ombre et agglutinée au chaos. Soudée aux désirs et aux cris. Incorporée au féerique. Et comblée, gorgée, débordée, inondée d'indistinct. Et, bien sûr, fardée, grimée et barbouillée de sperme, de l'irisé sillage en elle du chaos.

Depuis des jours, il y a des odeurs étranges sur Alexandrie. Une odeur de cendres et de décombres d'abord, car les incendies et les violences se multiplient contre les païens. Il flotte sur la ville une odeur de décomposition, de cadavres non embaumés, non revêtus des langes de leur éternité. Égyptiens, Grecs et Romains continuent – même devenus chrétiens parfois – de se faire embaumer. Et, lorsque des momies s'embrasent dans les incendies, elles dégagent sur toute la ville une horrible odeur d'huile, de goudron, de chiffons rances et calcinés qui vous prend à la gorge. Comme si déjà les flammes de l'enfer envahissaient la ville. Il y a aussi les puanteurs familières et les senteurs du littoral que le vent porte jusqu'au cœur des ruelles : sciure fraîche des chantiers, filets de pêche humides, flaques saumâtres où la mer demeure prisonnière. Des odeurs de pourriture féconde. Et surtout, plus difficile à discerner, à préciser, il y a depuis quelque temps une odeur de crépuscule, de lassitude. Comme si le corps vivant du lieu, le sang du fleuve et du pays pourrissaient lentement dans l'odeur blette des fruits trop longtemps conservés. Une odeur de sève et de suc desséchés, de désirs épuisés. Une odeur de renonciation.

La foule, elle aussi, paraît inquiète, désemparée. Comme si la victoire des Chrétiens, du dieu de vérité, venait ou trop tôt ou trop tard. Elle va, silencieuse et sourde aux rires, aux échanges. Elle ne se masse plus sur la jetée pour y déchiffrer les figures des nuages. Elle n'espère plus rien du ciel ni de la Terre. Désormais, l'attente est dans les cœurs. Païens, Chrétiens, Juifs et Gnostiques savent que tout repose entre leurs mains. Dans leurs paroles ou leur silence. Leur effacement ou leur initiative. Leur pardon ou leurs menaces. Le futur est seul, sans ange ni théâtre célestes pour l'annoncer ou l'imager. Il est seul parce que chacun sent – ou sait maintenant – que la victoire définitive du christianisme dans les cœurs – et l'effacement ou le maintien du monde ancien – ne dépend plus que de la tolérance ou du fanatisme des hommes.

Marie continue néanmoins sa vie mais en prenant des précautions. « Ils » n'ont pas encore osé interdire la prostitution mais la chose ne saurait tarder. Marie le sait. Elle s'arrange donc pour être plus discrète, ne plus s'exposer dans la rue, ne plus faire le guet sur le port ou près de l'arsenal. L'important, c'est que les hommes viennent toujours la visiter. Et qu'elle puisse continuer à vivre ses « vertiges ».

Le soleil va se coucher sur Alexandrie. Il illumine encore les façades des palais impériaux, occupés aujourd'hui par le gouvernorat et le patriarcat. Là même où autrefois l'Égypte et Rome se rencontrèrent pour la première fois, où César puis Antoine aimèrent Cléopâtre. Là même, ici, devant la mer, en un crépuscule aussi lourd, tourmenté que celui de ce soir, où Antoine, la veille de son combat, pressentant sa défaite, s'approcha de la terrasse pour regarder la ville et entendit passer dans le ciel la musique d'un thiase invisible, une musique envoûtante et fatale lui annonçant que son dieu préféré – Dionysos – le quittait à jamais. Lui annonçant aussi que demain il aurait cessé d'être empereur et qu'il lui resterait à vivre comme un homme, s'il le pouvait encore.

Et ce soir c'est un même soleil qui insiste sur les façades lézardées des anciens palais impériaux, attarde sur les vagues ses rutilances épuisées, un soleil que Marie ne peut s'empêcher de fixer, inquiète de cette lenteur inhabituelle du couchant, de ce silence écarlate du Temps. Elle est assise sur la jetée. Un vent fort, levé depuis des heures, projette les vagues contre le môle, éclabousse Marie d'embruns. Elle frissonne de froid mais ne peut détacher ses yeux de ce soleil qui éclaire à présent l'extrême pointe de Pharos ni de cette nuit qui monte et éteint sur la mer un à un les reflets tenaces du ciel. Comme un être invisible, issu de très vieux contes ou des grottes enfouies dans les rives d'une autre vie, qui volerait au ras des flots pour voiler leur lumière rebelle. Avant quelque importante et grave liturgie.

Maintenant, le noir recouvre tout. Plus un pêcheur sur le port et plus un passant dans les rues. Alexandrie est une ville morte, une ville rendue au néant. Elle a succombé à l'excès de ses mutations, à la violence de ses métamorphoses. Elle s'est vidée d'un coup de son histoire comme il arrive que le sang déserte soudain un visage soumis à trop de drames ou trop d'inattendu.

Rentrée chez elle, Marie alluma la lampe à huile et vit qu'un inconnu était passé. Sur le mur, à côté des innombrables graffiti, il y avait une inscription neuve à la craie. Elle crut reconnaître l'écriture de Marcellus et elle en détailla les lettres, faute de pouvoir en comprendre le sens. Il avait dû venir tandis qu'elle contemplait sur la jetée les combats du ciel et de la mer…

Il avait écrit :

N'OUBLIE PAS QUE TU VIENS DU CIEL.

Il ne reste plus rien ou presque plus rien de l'horreur : à part du sang, bien sûr, par flaques sur la place. Une fois de plus, Marie a été réveillée par des cris. Elle est sortie. Ni fumées ni incendies cette fois mais un brouhaha et des hurlements terribles. La foule est rassemblée autour d'un groupe qui s'acharne sur quelque chose ou sur quelqu'un. Quelqu'un : c'est une femme. C'était une femme, car il n'en reste plus rien à présent, sauf la tête arrachée qu'un Frère chrétien brandit comme un trophée. Une tête que Marie ne connaît pas. Une femme encore jeune. Une femme qu'on a…

Elle entend des pleurs derrière elle. Elle se retourne. Une femme, vêtue d'un voile sombre, éclate en sanglots. Elle porte une grande croix sur sa poitrine. Elle est chrétienne. La femme lève ses yeux sur Marie sans la voir, elle murmure, livide : « Comment ont-ils pu faire ça ? comment leur pardonner ce crime ? » Elle s'éloigne. Marie la suit. La femme entre dans une maison proche. Une pièce blanche, nue. Avec sur l'un des murs un portrait du Christ. Marie le voit de près pour la première fois. La femme s'agenouille et se met à prier. Ses lèvres murmurent : « Comment leur pardonner, Seigneur ? Maître, dis-moi ce qu'il faut faire ! » Marie regarde autour d'elle. C'est un oratoire pour Chrétiens. Sur l'autre mur, il y a une image représentant une femme en deuil, les bras et les yeux élevés vers le ciel où des petits garçons avec des ailes tiennent dans les airs une sorte de médaillon avec un homme assis. On n'entend que le grésillement des lampes à huile. Et le murmure de la femme.

Après l'horreur et les bruits de la rue, Marie sent son cœur apaisé par cette lumière, ce silence, ce recueillement et surtout la présence de cette femme si douce apparemment, cette femme qui prie et qui pleure. Quand elle se relève, Marie l'approche.

« Mais que s'est-il passé ? Pourquoi a-t-on tué cette femme ?

— Il paraît qu'elle enseignait l'idolâtrie, répond-elle. Était-ce une raison pour la tuer ainsi ? La tuer comme une bête ? Ce sont des fous, ces Frères chrétiens. Ils me font peur. Un jour, ils nous tueront tous, même nous. Le Christ a dit qu'il fallait aimer même ses ennemis. Ce ne sont pas de vrais Chrétiens, ces Frères, ils sont… »

Mais, s'apercevant qu'elle parlait à une inconnue, elle sortit vivement et disparut au milieu de la foule.

Marie est revenue chez elle. Aujourd'hui, il vaut mieux éviter de trop se montrer dans les rues avec cette foule et ces Frères chrétiens lâchés sur la piste des idolâtres. Les palmes du plafond, leur étreinte immobile, les graffiti sur les murs, rien ne peut la distraire de son angoisse. Elle sent la ville en état d'hystérie, prête à brûler, éclater, s'engloutir dans la démence. Elle sent des forces indiscernables, mais bien réelles, présentes et puissantes rôder autour des maisons, des pensées, rôder autour de l'avenir. En ces jours de délire, il vaut mieux se terrer et ne plus se montrer. Ou bien alors quitter la ville, le temps de se faire oublier. Quitter aussi les compagnons gnostiques. Marie les aime bien, surtout leurs agapè nocturnes. Mais leurs discours l'ennuient. Et leurs interminables théories sur le corps, le Plérôme, l'étincelle, la prison, le marécage, la chute, l'Archonte et quoi encore, tout ce fatras qui l'exaspère. A-t-on besoin de tout cela pour faire librement l'amour ? Elle aime vraiment ces hommes qui l'ont choisie, qui l'ont aidée, qui l'aiment eux aussi indiscutablement mais qui n'aiment pas l'amour. On ne peut pas aimer l'amour en méprisant à ce point le corps. Certains d'entre eux donnent même l'impression de le faire par devoir ou comme une punition. L'amour, une punition ! Non, il faut qu'elle les quitte eux aussi. Il faut quitter Alexandrie. Demain, elle ira jusqu'au port. Voir s'il y a des bateaux en partance. Peu importe pour où. Elle ira où le vent, le désir, l'équipage la porteront. Et s'il lui manque de l'argent, qu'importe. Son corps est là pour y pourvoir. Elle, au moins, ne le méprisera jamais, ce corps. Ce corps toujours errance. Ce corps toujours voyage.

L'éveilleur, cette nuit-là, était Épiphane l'Allogène. Cette nuit dernière, à l'écart de la ville, sur un littoral entièrement désert, entre le bonheur d'une mer étale et les odeurs ambrées d'un marécage, les Gnostiques s'étaient réunis avant leur départ vers le sud. Car ils avaient décidé, eux aussi, de quitter la ville, trop incertaine et même dangereuse pour eux. Ils se rendraient en Haute-Égypte où ils trouveraient sûrement un lieu discret où s'établir. Et si le lieu ne convenait pas, eh bien, ils repartiraient de nouveau.

L'éveilleur, pour cette dernière nuit alexandrine, était Épiphane l'Allogène. Tous, y compris Marie, s'étaient groupés près de la mer, assis ou étendus à terre. Sans un mot. Autour d'eux, au-dessus d'eux, le paysage abrégé de notre condition : un marécage, symbole du corps bourbeux où l'âme s'enlise ; un ciel indéfini où elle peut s'éployer, pour échapper aux lois du désir fragmenté ; et le rayonnement intense de la lune, reflet partiel et parodique mais reflet de la lumière du Dieu caché. Tout était réuni cette nuit-là pour dire notre fragile, notre douloureuse présence en ce monde. Et tous étaient réunis pour communier une dernière fois avant le grand départ.

L'Allogène se leva et regarda la mer. Il resta longtemps silencieux puis se tourna vers ses compagnons :

« Vous savez pourquoi j'ai choisi pour nom Allogène. Parce que, comme vous, je viens d'ailleurs. Je suis d'une autre race. L'homme est d'une autre race, il n'est pas né sur Terre. C'est là-haut que nous avons été conçus, formés et déformés. C'est de là-haut que nous venons, que nous avons chuté pour nous enliser ici-bas. Là-haut que se trouve le royaume perdu et que nous devons retrouver. Malgré nos vêtements de chair, cette vêture de la déficience qui enserre et limite nos pensées, nos désirs. Qui enchaîne notre être en ses liens de sang et de sperme. Qui nous délivrera de l'infâme vêture ? Qu'est devenu notre corps de gloire ? Nous sommes *au* monde, compagnons, mais ne sommes pas *du* monde. Aussi, éveillez-vous, réveillez l'étoile endormie en vous-mêmes. Libérez-vous de la nuit corporelle… »

Et, s'approchant des corps qui l'écoutaient, assis et étendus sur le rivage :

« … épuisons la nuit de nos corps, compagnons, épuisons-la pour attiser l'étoile vive du royaume. Épuisons l'ombre de nos sens… *Sillage d'étoiles*, veux-tu de moi ? »

Marie, tirée d'un rêve où se mêlaient les rumeurs proches du marais et les litanies de l'Allogène, comprit qu'il attendait un baiser d'agapè. Elle se leva, s'approcha de lui, prit son sexe entre ses mains, le caressa, le lécha, l'absorba.

Les autres regardaient, immobiles et silencieux, regardaient ce baiser d'agapè, cette jonction d'ombres allogènes où la femme, orante éperdue, « détournait avec zèle la ruse de l'Archonte ». Et lorsque l'homme éjacula, une riante étoile étincela dans les yeux de Marie.

III

Désert extrême

Je suis mort parce que je n'ai pas le désir,
Je n'ai pas le désir parce que je crois posséder,
Je crois posséder parce que je n'essaie pas de donner,
Essayant de donner on voit qu'on n'a rien,
Voyant qu'on n'a rien, on essaie de se donner,
Essayant de se donner, on voit qu'on n'est rien,
Voyant qu'on n'est rien, on désire devenir,
Désirant devenir, on vit.

René DAUMAL

« … En humiliant ainsi son corps contre le sol, son âme s'élèverait plus vite vers le ciel. » Elle s'était mise à quatre pattes pour la première fois le long des canaux d'irrigation quand elle avait entendu des voix d'hommes et qu'elle avait dû fuir dans les roseaux. Là, elle s'était retrouvée le nez contre le sol, un sol spongieux aux senteurs de fruits surs où ses yeux découvraient à fleur de terre, dans la pénombre du soir et des tiges, un paysage de troncs enchevêtrés et d'arbres miniatures, avec un minuscule marigot où des insectes s'ébattaient et plus loin un parterre de feuilles pourrissantes. Tout un univers qu'elle n'avait jamais soupçonné, où l'on pouvait renifler des odeurs de limon et d'aisselles qui donnaient le vertige. Le vertige. De nouveau il était en elle. Elle comprit le pourquoi du saisissement éprouvé sous les feuilles : ces eaux tièdes et croupies, ces tiges, ces moelles, tout cela embaumait le sperme. Et la roselière. Et le crépuscule tout entier. Elle se précipita hors du piège, courut en direction de l'oued. Pour se retenir d'aller vers le village et vers les hommes. Les rochers, enfin : une présence, une odeur sèches, stériles qui l'apaisèrent. Elle resta tapie jusqu'à la nuit noire. Devant elle, les rumeurs de la vallée, le vertige du sperme. Derrière, au bout de l'oued, le désert, le sable sauveur.

De nouveau, la solitude, l'infini. Elle a regagné sa tanière, au pied de l'ultime falaise. Elle y a déposé les feuilles et les racines arrachées aux potagers de la vallée. Des feuilles de chou encore humides. En les mâchonnant lentement, elles fourniront une partie de l'eau nécessaire à son corps. Mais, tôt ou tard, il lui faudra trouver une amphore, une jarre, un récipient quelconque pour y conserver l'eau et éviter les visites trop fréquentes aux roselières. Et à leurs odeurs défendues.

Assise près de son aire, elle regarde, de l'autre côté de l'oued, à quelques mètres, le surplomb rocheux qui fait face. En dessous, une mince plage d'ombre assez large pour s'y blottir mais trop pentue pour y séjourner confortablement. Pourquoi, alors qu'elle n'a même pas entamé son ascèse, penser déjà à l'ombre et au confort ? En face d'elle, ce paysage qu'elle ne peut fuir, qu'elle devra affronter chaque jour et qui, chaque jour, s'incorpore un peu plus à son être : une superposition de plaques rocheuses ravinées sur toute leur longueur par l'éraflure des flots anciens avec des aspérités érodées et une surface granuleuse où brille l'étoile des galets blancs. Dans l'ombre du surplomb, deux grosses touffes d'une plante aux feuilles épaisses, couronnée de fleurs d'un jaune vif. Et plus bas, dans le lit, le désordre des blocs déposés par les eaux, tout un dépôt de calcites et de schistes, morcelé de mémoire. L'image exacte de son âme : un tréfonds de formes dures et chaotiques, puis des couches de sédiments lumineux, enfin les touffes jaunes bravant le dénuement et la désolation des lieux, floraison de ce paysage ascétique. L'image exacte de son âme.

> Prier dans le désert en plein soleil exigeait un certain nombre de techniques en ces temps d'anachorétisme forcené. La plus élémentaire consistait à façonner avec de l'eau et de la boue une brique qu'on laissait sécher au soleil. On la prenait ensuite sous son bras et on partait en plein désert en se mettant dessus, debout, les bras en croix. Et on ne cessait la prière que lorsque la sueur ruisselant du corps de l'homme ou de la femme avait fait fondre la terre de la brique ! Bien peu parvenaient en fait au terme d'une telle ascèse car presque tous s'écroulaient avant, d'épuisement ou d'insolation. Bien entendu, cela dépendait aussi de la grosseur des briques. Il était conseillé, pour débuter, de façonner une brique de

taille raisonnable, un peu plus petite que celles utilisées couramment par les paysans pour construire leur maison, brique qui pouvait à la rigueur – la chance et le soleil aidant – fondre au bout d'une seule journée. Mais certains, par inconscience ou par orgueil, modelaient des briques énormes qui mettaient plusieurs jours à fondre, même sous des flots de sueur ! Et dans ce cas la brique gagnait toujours. Je veux dire qu'on retrouvait le corps plus ou moins desséché de l'ermite écroulé à terre près d'une brique à peine fondue. En ces heures de canicule et de prières intenses, un vrai combat se déroulait à travers le corps de l'orant, entre le feu et l'eau, la sueur et le soleil. Il va de soi que les ermites les plus émaciés, au corps sec, étaient les plus fragiles, car leur chair, vidée par les jeûnes et l'ascèse, rendait peu de sueur. La brique mettait alors longtemps à fondre et l'homme, au bout de deux, trois, quatre jours selon sa résistance, s'effondrait d'un coup et agonisait sur le sol.

Parfois aussi, une fois vaincus le soleil, la chaleur et la sueur, l'homme contemplait sa brique devenue à ses pieds une flaque de boue et regagnait, s'il le pouvait, sa grotte, son aire ou son trou. « S'il le pouvait », car son corps devenait comme essoré par le soleil, ses jambes ankylosées par l'immobilité, ses bras rigides comme la pierre. Mais toute son âme était en joie pour avoir surmonté l'épreuve.

Telle était, en ces siècles intenses, et ces moments torrides de l'Histoire, ce que les hommes du désert nommaient l'épreuve de la brique.

Marie prie. En plein soleil, les bras en croix. Devant elle, un horizon surchauffé qui ne cesse de trembler, d'émettre des cristaux mouvants, fluctuants où le moindre accident du relief apparaît irréel, dévié comme s'il se heurtait à une substance différente, comme si l'air au-dessus du sol avait acquis la densité et la limpidité des anges.

Marie prie depuis des heures en plein soleil. Elle redevient cet oiseau des sables, alourdi de fixité, d'obstination, cet oiseau oscillant sous les bouffées d'air embrasé, comme sur le seuil d'un impossible envol. La sueur ruisselle. Les bras tremblent de plus en plus. Une fois déjà elle est tombée. Elle s'est relevée. Elle a repris la pose crucifiée. Puis elle est retombée. Chutes. Relevailles. Rester debout à tout prix. Au moins jusqu'à la nuit. Malgré la sueur, les tremblements, les bras et les épaules ankylosés. Malgré les jambes, devenues stalagmites ardentes d'où suinte la sueur. Malgré la narcose qui gagne peu à peu son corps. Ses oreilles se mettent à bourdonner. En elles, une confusion assourdissante : rumeurs d'eaux vives, de foule, martèlements de pas, surtout martèlements de pas, vrombissements de milliers d'insectes et, parmi tous ces brouhahas, une voix qui revient, impérieuse, une voix qui…

… Comme il est doux, apaisant, ce crépuscule à Jérusalem, ce crépuscule sur les temples, les églises blanches ! Le soir sent les rochers chauds, l'encens et la cannelle, il sent le cuir longtemps poli par les caresses, la tiédeur d'un oiseau dans son nid. Marie éprouve comme une ivresse devant ces odeurs neuves, une douce ivresse devant ces ruelles bruissantes et ces visages illuminés de l'intérieur. À croire qu'au cours de son voyage elle a franchi sans s'en apercevoir une frontière magique qui lui permit d'accéder à ce monde d'icônes. Car elle a la curieuse impression de se mouvoir au cœur d'une peinture. D'ailleurs, le ciel lui-même a maintenant la dorure des icônes avec à l'horizon les silhouettes des croix, des églises, des coupoles. Et cette foule qui va, une expression d'éternité sur le visage ! Que lui arrive-t-il, à Marie, pour qu'elle halète ainsi en gravissant les marches menant à l'esplanade ? Pourquoi avance-t-elle éperdue au milieu des pèlerins qui l'entraînent vers la place où l'on va célébrer la fête de l'Exaltation de la Croix ? Pourquoi cet émoi brutal, inexplicable, qui lui donne envie de pleurer tandis qu'elle va, émerveillée, déconcertée aussi par ces images inattendues ? Elle approche de la place où se dresse l'église illuminée. Partout, des lampes à huile, des nuages d'encens. Par les battants grands ouverts, elle aperçoit l'intérieur du sanctuaire, toute une intimité de lueurs et de trésors étincelants. Elle progresse avec la foule qui la porte, l'église est pleine, le porche est là, à quelques pas. Elle se voit déjà à l'intérieur, elle va pour entrer, mais…

... j'arrivai jusqu'à la porte de l'église, mais, quand je voulus y entrer, ainsi que le faisaient les autres sans la moindre difficulté, j'en fus empêchée par une Force mystérieuse qui me repoussa au-dehors. Et je me retrouvai toute seule sur la place devant l'église. Pensant que cela était dû peut-être à la faiblesse, je me jetai au milieu de nouveaux arrivants pour entrer avec eux mais en vain : dès que j'atteignais le seuil, la Force mystérieuse me repoussait alors que tous les autres entraient sans peine. Et je me retrouvai une fois de plus rejetée de l'église.

Je m'y repris à trois ou quatre fois toujours en vain. Désespérée, exténuée, car mon corps était tout meurtri à force d'avoir été bousculé par la foule, je me retirai dans un coin de la place et je me mis à réfléchir sur la cause qui m'empêchait de voir le saint Bois où un dieu était mort pour donner la vie aux humains. Il me vint alors une pensée salutaire...

Prostrée. Proscrite. Le crépuscule est devenu nuit noire. Ténèbres du refus. Noir de l'inexplicable. Les portes de l'église se sont refermées sur les retardataires. Depuis, Marie est seule. Rejetée. Interdite. Bannie. Pourquoi ? *Il me vint alors une pensée salutaire...*

Elle revoit la traversée. Horrible souvenir. Avec tous ces hommes sur elle. Il y en avait trop, cette fois. Impossible de les choisir vraiment et surtout de les chasser. Et, pourtant, c'est pour cela qu'elle s'était embarquée. Pour s'éloigner d'Alexandrie, bien sûr, mais aussi pour donner tous les complices possibles à ses fureurs d'amour. Trois cents pèlerins et passagers sur ce bateau ! Dans le port, elle avait payé son passage de son corps. Deux fois, puisqu'il y avait deux propriétaires. Dès le départ le « vertige » l'avait saisie et le pont était devenu le lieu d'une véritable orgie. Au point qu'un certain nombre de pèlerins, moins tolérants que d'autres, avaient exigé qu'elle s'en aille exercer ses talents dans la cale. Ou plutôt dans la souille qui servait de cale. Elle avait dû « travailler » là, au milieu des rats et des ordures avec deux ou trois hommes en même temps. La plupart avaient le mal de mer et vomissaient sur elle. Une semaine d'amours sordides dans le vomi, le pourri, la nuit fétide de la cale. Et puis, sitôt débarquée… le miracle. L'arrivée à Jérusalem, le parfum enivrant des ruelles et du crépuscule, son âme neuve, épurée par l'air des lieux saints et son désir soudain, son besoin d'entrer dans cette église… Et puis la Force mystérieuse. Le rejet. L'interdit.

Prostrée. Proscrite. *Il me vint alors une pensée salutaire…* Si sa vie passée, ses désirs, ses délires, ses débauches, si tous ses vices et ses « vertiges » étaient la cause du phénomène ? Si cette force se manifestait pour lui dire qu'elle était impure, trop impure et souillée pour pénétrer dans un lieu saint ? Si cette force avait voulu lui faire comprendre que…

Impure. Souillée. Maintenant, elle devine. Elle sait. Ce qu'elle a été. Ce que fut sa vie. Impureté. Infamie. Ignominie. Dépravation et maléfices de son sexe. Trop de sperme et trop de « vertiges » en sa vie. Il lui faut restituer – pas seulement oublier ou renier – mais restituer tout le sperme absorbé. L'exsuder d'elle et de son âme. Recommencer son innocence.

Nuit noire. Par les portes closes de l'église parviennent des bribes de prières et de chants. En bas, près des murailles, des voix lointaines. Elles crient des noms. Nuit du présent. Demain, clarté d'un jour neuf, d'un choix immaculé. Plus jamais d'hommes, de sexe, de sperme, de caresses, de pensées… Plus jamais. Recommencer avant le premier sang.

Des voix lointaines. Devant les murailles maintenant. Elles se rapprochent. Se répondent dans les ruelles de la ville basse. Saisissement de cette vie espérée qui l'attend avec l'aube. Retrouver la virginité. Est-ce possible quand on a…

Toujours ces voix. Une voix d'homme. Marie ne distingue pas bien ce qu'il dit. Mais il parle fatalement à quelqu'un, pourquoi un homme se mettrait-il à parler tout seul à cette heure dans la ville éteinte ? Marie tend l'oreille, la voix dit clairement, dans l'ombre, clairement : *Si tu passes le Nil, tu y trouveras le repos…* À qui s'adresse-t-elle ? Qui doit passer le Nil ? Pourquoi passer le Nil ? Faut-il…

… passer le Nil. La voix résonne encore à son oreille, elle se fait bruissement du sang, crissement du sable autour d'elle. Marie tente de maintenir son corps sur le point de s'effondrer, tente de le dresser rigide face au soleil mais elle se sent si légère, elle se sent si…

Pour la troisième fois de la journée, elle s'écroula sans un cri sur le sol.

Des jours. Des semaines. Prières. Sudations. Épuisements. Exténuations. Que dis-tu, Marie, quand tu pries et pleures en plein soleil, debout ou à genoux, à quatre pattes ou plaquée contre la brûlure du sable ou les meurtrissures du gravier ? Tu ignores les prières, les prières habituelles en tout cas, mais tu parles, tu parles à voix basse ou forte, tu cries ou tu chuchotes ta vie contre le sol, les lèvres pleines de sable collé à ta salive, le visage tuméfié de pleurs. Et quand tu te redresses, extasiée d'expiation, tu sens, tu sais que l'horizon, cet infini si blanc qu'il se confond avec le ciel, est bien plus petit que le repentir de ton cœur, bien plus petit que la joie qui t'inonde quelquefois, la joie d'être enfin là, face à l'immaculé.

Dans ces heures-là, ton corps s'allège, tu deviens aussi légère qu'un oiseau des dunes, que ce minuscule oiseau du désert, toujours inquiet, fiévreux, qui volette autour de toi quand tu pries. Cet oiseau que tu aimes entendre et voir comme tu aimas celui qui se posa un jour sur la mer, à l'aube, lors de ton « baptême ». Ce jour-là, sans que tu l'aies compris alors, le destin t'avait fait un signe de plumes et de blancheur, annonçant ta prochaine naissance aux terres immaculées. Et maintenant voici le nouveau compagnon de tes joies, cet oiseau des dunes, toujours fiévreux, elfe inquiet de tes repentirs, qui tourne autour de toi avec des pépiements aigus quand tu pries des heures, immobile.

Des jours. Des semaines. Prières. Exténuations. Macérations extrêmes. Marie, plaquée des heures entières contre le sol. Ou debout, à parler, chuchoter, murmurer sa vie, bras en croix. Nid infini de ses remords, ce désert où s'achève la migration longtemps différée de son corps vers les terres de la continence. Chaque jour tu deviens plus oiseau, plus habitée d'envols. Ta bouche émet des sons susurrés ou sifflés, des phrases comme des chants flûtés, quand tu pries, tu chantes ou tu pépies malgré la brûlure, la soif, la faim, l'épuisement. Chaque jour oiseau plus maigre, plus fragile. Un oiseau exténué de jeûnes. Plus allégé aussi. C'est pourquoi, une fois pour toutes, tu as supprimé tes habits usés et déchirés. Tu as enlevé, rejeté l'inutile vêture. Nouvelle ascèse. Nouvelle immaculation de ta vie : ta nudité définitive. Oiseau nu, Marie au désert.

Épreuve de la brique. Mais aussi épreuve des racines, de l'eau croupie. Il existait maintes façons en ces temps d'anachorétisme d'éprouver la résistance physique et la résolution morale de l'ascète au désert. Le plus simple consistait pour lui à ne jamais rien manger qui soit cuit. À se nourrir exclusivement de racines crues, qu'il déterrait aux abords du désert, racines noirâtres d'une plante que l'on nommait *mélagria*. Ou alors des plantes potagères, choux, fèves, lentilles et surtout salades aux feuilles amères et dures, mangées crues ou trempées dans l'eau. Pour les amollir et les rendre plus consommables. Mais aussi pour les laisser s'imbiber jusqu'à ce qu'elles pourrissent, que l'eau croupisse, que le tout devienne une bouillie verdâtre et fétide. Alors, quand l'eau sentait si fort qu'elle eût découragé le plus assoiffé des gorets, l'ermite la savait prête pour son épreuve. Et chaque jour il y buvait une gorgée de croupissures, il y puisait pour l'avaler une poignée de l'infecte bouillie. Car ainsi, pensait-il, à force de fréquenter la pestilence sur cette Terre, il parviendrait plus sûrement jusqu'aux parfums du paradis.

Si bien qu'en ces grottes, trous ou tombeaux d'ascètes régnait en permanence une intenable odeur de pourriture. Une odeur de cadavre invisible.

Telle était, en ces siècles intenses, en ces moments où le temps lui-même se décomposait en Histoire, ce que les hommes du désert nommaient l'épreuve de l'eau croupie.

Oiseau nu, Marie au désert. Oiseau de plus en plus ténu. Les stations prolongées au soleil ont noirci ce corps resté blanc si longtemps, ont fait fondre ces chairs adolescentes. Il y a quelques mois, comme Marie se sentait jeune lorsqu'elle quitta Alexandrie pour Jérusalem ! Mais l'événement, l'avènement de sa vie, cette immobilisation devant l'église ont pétrifié aussi son corps qui prend chaque jour davantage la dureté et la sécheresse des os. Pas encore squelette décharné. La jeunesse persiste dans le torse et les seins – toujours légèrement gonflés –, dans le visage aussi et dans les yeux. Mais le corps de Marie commence à diminuer, à se rétrécir, à fondre goutte après goutte, jour après jour. Depuis l'avènement, elle ne se lave plus, ne se coiffe plus, elle a totalement déserté cette chair qui suit désormais son propre chemin d'abandon. Son apparence, son âge – et tout ce qui disait jadis sa présence sensuelle et rieuse en ce monde – se sont figés en un corps anonyme. Elle a cessé ses expériences à quatre pattes. Maintenant, elle préfère rester la nuit dans le désert et s'étendre à même le sol pour contempler le ciel. Elle est fascinée par les hauteurs, l'élévation, car elle devine en sa chair des forces discrètes et sûres qui « travaillent » sa gravité à mesure que son corps se dessèche. Depuis qu'elle vit nue, cette nudité est devenue pour elle une légèreté de plus…

Bien sûr, il arrive qu'en ces nuits au désert le « vertige » ressurgisse à l'improviste. Que sa main, machinalement, se meuve vers son sexe... Alors, vite, elle se lève, se met à courir droit devant elle, en criant, en hurlant de toutes ses forces. Courir en criant ouvre en elle un nouveau vertige qui souvent atténue le premier. Et elle crie et elle court jusqu'à ce qu'elle tombe épuisée. Et là, il lui arrive de se débattre encore sur le sol, quand elle sent que le désir persiste, d'enfouir de toutes ses forces du sable dans son sexe jusqu'à l'écorcher, jusqu'à l'obturer. « Je vivrai, je mourrai par le sable », pense-t-elle, haletante, bouche et sexe ensablés. Désormais, elle priera également la nuit, elle se privera de sommeil pour venir à bout de ses « vertiges » nocturnes. Elle veillera jusqu'à tuer son corps d'épuisement, jusqu'à tomber dans un sommeil sans rêves. Elle priera et elle pépiera chaque nuit jusqu'à l'aube. Oiseau nu et nocturne, elfe alourdi de sable, Marie en ce désert.

Des semaines. Des mois. Depuis quand Marie a-t-elle gravi pour la première fois le lit de l'oued ? Combien de jours, combien de nuits a-t-elle passés dans le désert à prier sous le soleil ou sous la lune ? Combien de fois aussi est-elle descendue la nuit dans la vallée pour y laper l'eau des canaux, gagner les potagers pour s'y procurer des choux et des salades ? Le temps ne l'intéresse plus, ni le compte des jours. D'ailleurs, même à Alexandrie, elle vivait sans compter les jours. En arrivant ici, elle s'était amusée les premiers temps à ramasser de petits cailloux et à les conserver près de la tanière, à raison d'un par jour. Idée absurde puisqu'elle ne savait pas compter ! Elle les dispersa tout le jour où elle jeta ses vêtements. Elle voulait vivre nue sans habits ni calendrier. Comme le désert. Comme le ciel. Alors, qu'importe depuis quand elle avait gravi pour la première fois le lit de l'oued ! Seul compte pour elle le présent. Et la nudité de son corps. Et celle de l'avenir.

Depuis deux jours, Marie marche dans le désert. Un matin, en revenant à l'aube dans sa tanière, titubante de sommeil, elle décida de s'imposer une épreuve de plus. Au lieu de se pelotonner comme à l'ordinaire dans son trou et de s'endormir aussitôt, elle prendrait avec elle des figues, une poignée de fèves et partirait marcher en plein désert. Pour s'obliger à rester éveillée. Elle choisit donc de remonter vers le nord en longeant la bordure orientale des falaises en direction du très lointain Ouadi Natroun. Elle pourrait ainsi prier tout à loisir tout en gagnant une vallée en cas d'épuisement. Car il devait sûrement se trouver d'autres oueds parallèles au sien et reliant le Nil au désert.

Et puis, même s'il n'y en avait pas, qu'importe, là encore ! Si elle devait se perdre, elle se perdrait. Sa vie, sa mort ne dépendaient plus d'elle depuis longtemps mais de la Force qui l'avait arrêtée là-bas devant l'église, qui l'avait poussée à venir ici et qui depuis ne cessait de veiller sur elle, de « travailler » son corps et son âme. Son errance serait ce que déciderait la Force : féconde ou inutile. Vaine ou révélatrice. Là aussi, devant cette présence intense, Marie se sentait nue, merveilleusement nue face à un avenir qui lui appartenait de moins en moins. Vivre de rien et vivre nue au cœur d'un désert vide : un rêve enfin réalisé, l'extrême de l'extase !

Depuis deux jours, Marie avance lentement en direction du nord. À sa gauche, une solitude limpide et ponctuée de buissons. À droite, le début des falaises qui surplombent le Nil. Elle avance sur un sol dur, parsemé de cailloux et de gros blocs rougeâtres. De temps à autre, un rapace la survole, l'observe et commence à descendre lentement en larges cercles quand elle reste immobile, plaquée contre le sol pour prier. Homme, rocher, charogne ? Le corps de Marie se confond avec la surface cuivrée du désert quand le soleil du soir l'inonde d'ocre. Elle doit, vue de là-haut, ressembler davantage à un rocher qu'à un être humain. Mais, la plupart du temps, le ciel est nu, sans oiseaux, sans nuages, sans le moindre souffle de vent. Et Marie, depuis des jours et des jours, avance au cœur de cette immobilité minérale, priant tout en marchant jusqu'au soir où, ivre de fatigue, elle s'endort là où elle tombe. Sa peau est devenue coriace comme du cuir. La plante de ses pieds ne craint plus arêtes ni cassures des pierres. Et son corps continue de se racornir. Son corps, écorce rêche sur l'aubier de son âme !

Au quatrième jour de marche, le désert commença de se couvrir de cailloux épars, de fissures et de ravinements annonçant la présence imminente d'un oued. Et de fait Marie le découvrit un peu plus loin, spacieux, plus tortueux aussi. D'en haut, elle le voyait s'enfoncer dans la lumière des falaises. Leur rebord devait sûrement dissimuler des coins d'ombre et un peu de végétation. Elle se laissa glisser parmi les éboulis éblouissants et commença de prendre le lit en direction de la vallée. Elle se sentait bien, tout en bas, cachée, protégée par ces deux parois, rayées et ravinées elles aussi par les eaux immémoriales et où s'ouvraient ici et là de nombreuses anfractuosités. Protégée et revenue en un terrain familier. D'ailleurs, c'est là, en ces parois creusées de trous, de tanières et de grottes, que les ascètes choisissaient le plus souvent leur cellule. Un séjour prolongé au désert n'eût pas été possible sans l'abri de ces grottes où ils pouvaient venir se reposer, s'isoler et retrouver de l'ombre. Nul ne s'aventurait jamais jusqu'à ces oueds retirés puisque à leur débouché il n'y avait plus rien que le désert. Aussi l'ascète menait-il une double vie, errante et troglodyte.

Marie descend lentement à travers le chaos des rochers. De temps à autre, elle s'assied contre un roc, à l'ombre d'une paroi, se repose et ferme les yeux. Pour la première fois depuis des jours, elle entend tout près d'elle les bruits de la vie, des crissements d'insectes. Un son aigu, ténu comme un fil surchauffé reliant l'infini au silence. Un message sans cesse répété, de sauterelle à sauterelle, d'épine à épine comme mille piqûres d'épingles dans son ouïe, qui lui donnent une joie folle. Elle reste là, les yeux clos, tout à l'écoute de ces présences minuscules. C'est en rouvrant les yeux, longtemps plus tard, qu'elle aperçut en plein soleil, juste en dessous du sommet lui faisant face, l'ouverture d'une vaste grotte.

Marie est dans la grotte. Elle a réussi à se hisser le long de la paroi brûlante et friable. Grâce à de petites marches, des encoches taillées à même la falaise. Cette grotte a dû être habitée autrefois. Non, cette grotte *est* habitée. Marie sursaute – maintenant que ses yeux sont habitués à la pénombre – en apercevant tout près d'elle, à quelques pas, à genoux sur le sol… un vieillard en prière ! Il est tourné vers l'obscurité du fond et n'a pas entendu Marie. Pourtant, avec tout le bruit qu'elle a fait sur les éboulis ! Il doit dormir ou être plongé dans l'extase…

Marie n'a qu'une hâte : s'enfuir. Une femme dans la grotte d'un ascète ! Il va la prendre pour une tentatrice ou même pour le diable en personne… Elle s'éloigne sur la pointe des pieds, le cœur battant, une main devant son sexe. Au cas où il se retournerait. Elle atteint le seuil, la pente aveuglante. Elle n'ose plus regarder dans la grotte. Pourtant, au moment de descendre, elle jette un dernier coup d'œil. Le vieillard n'a pas bougé. D'ici, elle ne voit que son dos, immobile, sans la moindre respiration. Ses mains, sans doute en prière, sont figées devant, invisibles. Ses cheveux longs et blancs recouvrent presque tout son dos. Pas le moindre bruit. Pas le moindre souffle. Pas même un crissement d'insecte. Ici, plus rien ne parvient du désert et du monde. Dans l'un des coins, une planche en bois qui doit servir de lit. Une cruche, un pain noir à moitié rongé. Un panier de roseaux tressés, inachevé. Et partout une odeur de poussière sèche, millénaire. Ce silence terrorise Marie. Et pourtant la curiosité l'emporte. Quelque chose l'attire vers la pénombre et ce silence inexplicable. Main sur le sexe, cheveux couvrant ses seins, elle revient sur ses pas. Sans bruit. S'avance doucement vers l'orant, elle est maintenant derrière lui, tout près de lui, sa main avance, se pose sur l'épaule et…

… plus rien ! Absolument rien ! Plus rien qu'un brouillard, un nuage de poussière humaine. Le corps s'est effrité d'un coup dès le premier contact, y compris les habits, les cheveux. Marie, épouvantée, se débat au cœur d'une nuée fantôme, de ces cendres dont les grains tourbillonnent dans toute la grotte, obscurcissant la lumière. La poudre, les particules d'un ascète émietté… Dans son émoi, elle heurte du pied la planche en bois : nuage à nouveau, nuage de poussière. Ici, en cette grotte, à l'écart du temps, tout n'est qu'agrégat et désagrégat de poussière. Marie n'ose plus toucher au moindre objet, ni même aux parois de peur de les voir s'effriter sous ses yeux… Elle tousse, suffoque, gagne l'entrée, dévale la paroi, tombe, se relève, se précipite vers le roc solide et sûr, le roc où elle reposait tout à l'heure, se blottit contre lui, ferme les yeux. Le temps va-t-il enfin recommencer ? Crissements des insectes. Plus forts, plus insistants, cette fois. Que disent-ils ? Que disent-ils *maintenant* ?

Souvent, il arrivait en ces grottes perdues dans les falaises et dans les oueds, ces grottes sèches creusées jadis par les eaux et agrandies plus tard par les hommes, que des ermites s'installent et y meurent en prière ou en méditation, restant là des années, desséchés, momifiés, grâce à la siccité particulière de l'air et du sable. Leur corps se maintenait intact très longtemps, des décennies parfois, jusqu'au jour où un visiteur, croyant avoir affaire à un dormeur, le touchait pour le réveiller. Alors, l'instable survivance, la cendreuse immortalité s'émiettaient d'un coup, se dissolvaient dans l'air ambiant. Et il ne restait plus de l'ermite qu'une poussière et qu'une odeur de temps. *Homme, agrégat et désagrégat de poussière* : la mort de certains solitaires illustrait à merveille cette phrase de *L'Écclésiaste.* Et l'on pouvait ainsi, en ces siècles intenses, en ces moments où le Temps paraissait momifier et arrêter la mort elle-même, visiter de grotte en grotte, *à condition de ne pas y toucher*, les preuves irrécusables de l'immortalité en ces momies orantes, ces fragiles agrégats de silence.

Marie ferme les yeux contre le roc, le cœur toujours battant. Maintenant, les crissements deviennent assourdissants autour de ses oreilles, deviennent bourdonnements dans sa tête, et vertiges. Que disent-ils ? Que disent-ils *maintenant* ? Et voici qu'elle se souvient d'une parole d'un de ses compagnons gnostiques, une terrible parole. Ils avaient fait l'amour dans les chantiers, ils s'étaient endormis dans la sciure, réveillés à l'aube, et ils regagnaient Rhakotis quand ils croisèrent un enterrement, un enterrement apparemment très pauvre : une seule pleureuse et peu de monde autour de la momie. Marie le regarda passer, le cœur serré. Puis ils reprirent leur marche dans les ruelles. À un moment, l'homme devinant ses pensées dit à Marie – et elle se souvient des mots exacts (pourquoi lui reviennent-ils ce matin avec une telle précision, l'inflexion particulière de la voix et l'habitude qu'avait cet homme de s'arrêter, d'insister sur certains mots comme s'il craignait qu'elle ne comprenne pas), oui, elle se souvient exactement qu'il lui disait : « La mort n'existe pas, Marie, c'est un mot qui n'a pas de sens. Pour mourir, il faut avoir vécu. Quand on passe sa vie comme un automate, un esclave ou un mort-vivant, on ne peut pas mourir puisqu'on est déjà mort. *On passe simplement d'un néant à un autre*. La mort est un privilège. Le privilège de ceux qui ont vraiment *été*, qui ont vécu vraiment… »

… En face d'elle sur la paroi, bée l'entrée de la grotte. Lui, ce vieillard, il a dû *vraiment* vivre puisqu'il a obtenu cette survie privilégiée. Mais elle, Marie, comment mourra-t-elle ? Vit-elle, en ce moment ? Vit-elle *vraiment* ? Son âme est-elle devenue roc ou est-elle restée sable ? Roc ou sable, son âme ?

Marie continue sa marche dans le lit de l'oued. Avec dans la gorge, le nez, la mémoire cette odeur de poussière humaine… Lit tortueux entravé de blocs énormes qu'il faut contourner ou gravir. Heureusement, le chaos s'atténue, le lit s'élargit. Elle avance à présent sur un chemin sableux, presque à l'horizontale, entre des parois basses étoilées de buissons et de fleurs dans leur zone d'ombre. Parois qui s'effacent à mesure que le lit s'estompe. Ce n'est pas encore – comme Marie le pensait – le Nil et sa vallée mais une sorte de plateau, d'immense terrasse naturelle, à mi-pente de la falaise, couverte d'herbes vertes et de plantes sauvages. Avec, sur la bordure dominant la vallée, quelques arbustes émaciés. Un vrai paradis que ce lieu, entre le sable et l'eau ! Un paradis à perte de vue jusqu'à l'horizon où les falaises l'enserrent et le ferment de leurs parois infranchissables en suivant la courbe du Nil.

Marie respire un air fait de senteurs d'herbes et de joncs. Elle aime l'odeur proche du fleuve et hume, s'enivre de ces parfums nouveaux, elle a envie de courir, de crier. Et elle s'élance… pour s'arrêter tout net en découvrant les buffles.

Des buffles sauvages. Qui paissent un peu plus loin et ne semblent pas l'avoir vue. Mais l'un d'eux a meuglé fortement et tous dressent la tête dans sa direction. Ils l'observent. Marie reste immobile, terrorisée. Elle est juste au milieu du plateau. Sans le moindre abri ni refuge. Ils la regardent. Immobiles eux aussi. Puis lentement l'un d'eux se détache du groupe et avance dans sa direction. Les autres suivent, tous ensemble. Une avance régulière, décidée, qui va s'accélérant. Ils ne courent pas encore mais Marie perçoit distinctement le martèlement de leurs pas. Et leurs souffles, déjà. Et maintenant ils accélèrent, se précipitent, ils chargent, ils sont là, ils…

Marie s'est jetée à genoux. Elle prie de toutes ses forces, les yeux fermés. Ils sont là, sur elle… et l'entourent… Ils se sont arrêtés tout près, en un cercle compact et chaud. Sans la heurter ni la toucher. Ils la reniflent, la contournent. Marie n'ose pas encore faire le moindre geste. Elle ne peut croire à ce miracle. L'une des bêtes s'approche, la frôle de son mufle. Une langue énorme et rêche sur ses chairs. Marie frissonne, se relève, se presse contre l'animal, le caresse, se met à lui parler avec fébrilité, encore sous le coup de sa peur. Elle court de l'un à l'autre, leur parle et les caresse. La voici au cœur d'un concile de souffles et de mufles dociles. Au cœur d'une rencontre et d'une alliance inattendues. Quelques-uns se sont déjà remis à paître. D'autres se sont étendus sur le sol. Marie regarde ses nouveaux compagnons. Seule au milieu des buffles.

Des jours avec les buffles. Marie a retrouvé son bonheur quadrupède. Elle se déplace, rampe et gambade à quatre pattes, se nourrit d'herbes, paît la terre. La nuit, elle dort au milieu des bêtes, blottie dans leur haleine. Elle vit des jours merveilleux et paisibles au cœur du monde ruminant, fait d'odeurs aigres et fortes – qui parfois l'inquiètent et la troublent – mais aussi de tendresse impensable pour les humains, de caresses, de reptations inoubliables. Son corps, sec et parcheminé, s'affine et se polit au contact des cuirs vivants. Il en prend les odeurs, la fumure. Marie porte en elle à présent, tout au long de l'immense plateau, de pâture en pâture, une ivresse bovine qui la pousse parfois à se vautrer sur le sol en meuglant. Sensation inouïe, plus forte que les suées ou que l'exténuation en plein désert ! Car ici, au milieu de ses compagnons animaux, de ses proches les bovidés, elle sent qu'elle parviendra peut-être à oublier l'humain en elle, à rejoindre ou approcher Dieu à force de flairer, de renifler le sol. Son corps se couvre d'herbes sèches, de débris, il s'incruste d'épines, se greffe de tiges et il exhale une merveilleuse odeur de bouse fermentée. Marie se desséchait autrefois au soleil. À présent, elle fermente, elle la rampante, la quadrupède, la bufflesse, et sa chair devient un levain. Et elle s'endort le soir, tapie entre les buffles, au milieu des souffles et des senteurs de mufles. « N'oublie pas que tu viens du ciel », lui disait Marcellus. Comme tout cela est loin, à présent ! Elle ne vient pas du ciel. Elle vient du sol, du sang, de la boue. De la bouse. Voilà son vrai domaine, sa patrie, son levain. Son demain. Elle sera la bufflesse de Dieu.

Sainte abjection de la vie chez les buffles. Reptation parmi les bouses. Ruminations sur le plateau sans fin. Marie ne pense plus, n'observe plus. Elle vit à quatre pattes, ou elle court au milieu des bêtes. Elle ne les quitte plus, broutant, paissant. Sa peau est couverte d'une croûte de paille, de bouse sèche, écorce rance et rêche sur l'aubier de son âme ! Sa peau devenue cuir. Elle ne parle plus, ne prie plus. Elle meugle quelquefois. Avec les bêtes. Ou seule. Tête dressée vers le ciel laiteux. Elle se nourrit aussi d'insectes. De sauterelles surtout, attirées par l'odeur des bouses fermentées. Elle aime sucer leur abdomen qui laisse aux lèvres un goût doux-amer de lait rance. Le monde, les airs, la terre, les sauterelles. Quatre pattes. Ramper. Meugler. La boue. La bouse. Ivresse de l'abjection parmi les buffles. Rumination des jours sur le plateau torride. Rumination de Dieu sous l'étable du ciel. Marie rumine, corps encroûté de bouse. Marie, la bufflesse de Dieu.

Mais au réveil, un plateau nu, désert. Plus un seul buffle à l'horizon. Marie ne comprend pas. Elle s'est endormie la veille au soir au milieu du troupeau. Au réveil, ce plateau nu. Elle court, crie, appelle. Pas la moindre trace des bêtes. L'herbe elle-même paraît sans foulures. Elle se jette à terre et renifle le sol : pas la moindre odeur de buffle ni de bouse. Un plateau nu. Une herbe droite et drue. Sans aucune foulure. Et cette odeur de fleuve invisible et proche qui ressurgit. L'odeur de la vallée. Est-ce possible ? Aurait-elle rêvé cette vie quadrupède ? Aurait-elle rêvé les buffles ? Mais non, son corps encroûté sent la bouse, elle sent le ruminant. Et pourtant… cette herbe et cette prairie vierges, cet horizon nu ?

Elle ne s'est pas remise à quatre pattes. Elle se dirige à présent vers la bordure du plateau dominant la vallée. Puisque les buffles sont partis, puisque la vie quadrupède et les ruminations nocturnes et les meuglements vers le ciel et les langues rêches sur la peau et la rosace des bouses dans les herbes, puisque tout cela est fini, puisque Dieu ne veut plus qu'elle devienne son levain, sa bufflesse, il ne lui reste plus qu'à partir, à gagner la vallée et le fleuve. Marie avance dans la pure clarté du matin, l'incroyable transparence de l'aube. Seul souvenir – seule certitude – de sa vie ruminante : cette odeur de bouse et de buffle qui ne la quitte pas. Elle ira se laver dans le fleuve à l'écart. Se débarrasser de l'odeur et de la mémoire de ces buffles. Des vertiges de sa vie bovine. Et redevenir Marie l'oiseau, Marie l'insecte, redevenir Marie des sables.

Maintenant, elle attend la nuit pour descendre la pente douce de la terrasse et gagner la vallée en passant inaperçue des paysans. Allongée sur le rebord du plateau, elle contemple les reflets du fleuve, le damier vert et ocre des jardins et des potagers. L'air est si transparent qu'elle peut distinguer d'ici chaque détail de ce paysage : les rides irisées du Nil sous le vent, la ligne ébréchée des palmiers contre le bleu du ciel, les jeux d'ombres étincelantes sous les feuillages des sycomores, le miroitement des canaux, la silhouette d'une femme marchant sur la levée, une cruche sur la tête, le bruit lancinant, éploré de la noria tirée par un âne aveuglé, les enfants se poursuivant dans les roselières, les silhouettes d'hommes penchés sur le sol ou portant des fardeaux. Des hommes… Toute sa peau frissonne. Elle se mord les lèvres, ancre ses ongles dans le sol pour ne pas crier, se lever, courir jusqu'à eux. Attendre, attendre jusqu'au soir que les villages dorment, que les hommes soient couchés à côté de leurs femmes…

Un faucon tourne et piaille au-dessus d'elle. Un âne braie. Et sur le Nil, à mi-chemin du ciel aveuglant et de l'eau, une voile qui frémit, cri blanc de la lumière. Marie ferme les yeux, Marie pleure devant les beautés du monde retrouvé. Elle se colle contre le sol, aspire à pleins poumons l'odeur de repentir de l'herbe sèche. Redevenir levain, ferment, bufflesse, sauterelle ou oiseau. Redevenir sable. Tout plutôt que retrouver en un instant les sensations, les tentations d'un être humain. Le cri blanc s'est éteint au loin. Le faucon est descendu vers les villages. Fumées aux senteurs lourdes là-bas vers les potagers. Fumées opaques comme des encens pour des dieux de limon. Marie ferme toujours les yeux mais elle ne pleure plus. Elle relèvera le défi de la vallée, de la beauté. Elle restera, jusqu'au soir, les yeux clos. Sans les rouvrir une seule fois. Les yeux obturés devant la splendeur interdite.

La nuit tombée, elle est descendue vers le fleuve. Pente facile et douce où son corps glisse sans le moindre bruit. Elle a couru, rampé dans les roselières à l'écart du village. Elle longe les levées de terre le long des canaux. Son ombre, nocturne et frêle, sur les eaux. Le Nil, enfin. L'eau claire vivante, profonde. Le courant est fort à cet endroit. Elle se glisse dans l'eau près d'un buisson auquel elle peut se retenir. Elle frotte tout son corps, enlève les croûtes, les débris, les fétus, la bouse sèche des plateaux. Frotte et enlève la mémoire des buffles. Elle revient sur la berge. Elle frissonne de froid. Tout autour, le vent tiède, le rêve d'une chouette, les ruminations du courant. Et, là-bas, juste en face, de l'autre côté du fleuve, illuminées par la pleine lune, les grandes falaises bordant le Nil. Étrange, ces scintillements, ces clignotements qui les parcourent comme si des flammes blanches, des feux follets couraient sur les parois. On dirait… oui, on dirait… le porche étincelant de l'église de Jérusalem quand Marie voulut y entrer. Avec ses multitudes de lampes à huile et ses nuages d'encens – défaits, dilués ici par la clarté lunaire –, on dirait toute une intimité d'éclats et de phosphorescences comme si l'on célébrait une fête nocturne et secrète. Et… des appels aussi, des voix qui semblent retentir comme cette nuit où elles montaient des ruelles basses de la ville, se rapprochaient, se précisaient, disaient *comme ce soir là-bas sur les falaises*, disaient : *… si tu passes le Nil, tu y trouveras le repos…* Est-il possible que cette voix revienne jusqu'en ce lieu, que ce soit elle encore qui la convie à la rejoindre sur l'autre rive…

Le cœur de Marie s'affole, cette fois elle ira jusqu'au bout, elle sait qu'aucune force ne l'arrêtera plus, elle ira jusqu'à la lumière, jusqu'à la fête des falaises, elle connaîtra enfin le secret du porche étincelant, déjà elle se sent emportée, allégée, la Force amie « travaille » en elle, elle se dirige vers le fleuve, s'élance… sans poids sur les eaux, elle ne sent que le vent frais dans ses cheveux, une légère humidité sur ses chevilles, elle ne sent plus que cet élan qui la porte et la pousse doucement vers le porche, il se rapproche, elle sent sous ses pieds une substance humide et souple, elle avance en marchant maintenant sur un sable dur. Devant elle, la paroi gigantesque, éblouissante de lumière lunaire. Nue. La paroi des falaises. Des falaises nues. La voix a disparu. Il n'y a ni porche ni fête. Un silence comme un vide, une absence soudaine au cœur. Comme une nuit dans la nuit. Derrière elle, la rumeur du fleuve.

Derrière elle ? Ce n'est qu'alors, tandis qu'immobile, désemparée devant la paroi lisse et nue elle tendait l'oreille pour surprendre l'écho de la voix, ce n'est qu'alors, en entendant brusquement *derrière elle* la rumeur du Nil, qu'elle comprit qu'elle avait traversé le fleuve en marchant sur ses eaux.

Marie regarde la falaise en face de son aire. Tout en bas dans le lit, son inconscient : un chaos de rocs et de rêves rejetés et brassés par les eaux, des cubes et des désirs asymétriques, des surfaces oxydées dessinant toute une mémoire muselée. Puis l'élévation des blancs calcaires, assomption de sa volonté jusqu'au surplomb final. Et près du sommet la floraison de son ascèse, le parfum de son avenir : une odeur sèche d'immortelles.

Elle a repris ses longues stations au soleil. Ses chuchotements contre le sol. Ses méditations et ses contemplations nocturnes. Depuis sa traversée aérienne du Nil, son corps s'est encore amoindri. Au point d'avancer en effleurant le sable quelquefois. D'osciller sous le souffle du vent. Déjà oiseau et presque insecte, va-t-elle devenir semblable aux buissons secs poussant dans le désert ?

Cet allégement de son corps, elle le ressent surtout en elle-même. Comme si, en place de viscères, elle enfermait un vide fait de quelques nerfs, d'un peu de sang, une béance décharnée, un ciel enclos en sa poitrine. Elle n'a plus jamais vu son visage depuis son départ au désert. Sauf un soir près du Nil quand elle se cacha dans les roselières. Ses cheveux ont poussé. Des cheveux secs, raides, jaunis par le soleil, qui descendent jusqu'à ses pieds. Une crinière de paille. Sa peau est racornie, craquelée, couleur cuivre et sable avec de grandes plages foncées de meurtrissures et d'ecchymoses, couverte de croûtes et de cicatrices. Ses seins maintenant flétris pendent comme des poches vides. Son ventre et son pubis ont perdu tous leurs poils à force d'être frottés, plaqués contre le sol. La plante de ses pieds est devenue si dure qu'elle marche sur les épines et les silex sans même s'en rendre compte. Son corps : une tige de plus en plus fluette surmontée de la corolle jaune du visage, de la paille roussie des cheveux. Marie, immortelle du désert.

Mais voici le plus singulier : son sexe a disparu. Les lèvres de sa vulve se sont desséchées, rétractées, invaginées. Plus rien ne fait saillie. À peine une fente. Comme une infime cicatrice.

À force de rester au soleil, chaque jour plus sèche, chaque jour plus jaune, Marie habite un corps brûlé. Brûlé en sa chair. Brûlé aussi en son ciel intérieur. Immobile, crucifiée, pétrifiée d'oraison, elle se fond dans la lumière intolérable, elle se consume en tout son être. Où trouve-t-elle encore la force de se tenir debout ou de marcher ? Où trouve-t-elle la force de prier ? Tout en elle est brasier. Elle flambe, solitaire, au cœur du pays flamboyant. Et de ce flamboiement naissent des cendres qui disent et qui jalonnent les chemins du nouveau royaume. Car elle sait – ou pressent – que les brûlés de Dieu, ceux qui vouent leur corps et leur être à la soif et au feu et qui font de leur vie au désert une effusion incandescente, que ceux-là, ces brûlés, deviendront tôt ou tard la mémoire de ce monde. Sur eux repose l'arche d'alliance avec le ciel. En eux s'opère l'impossible suture de l'homme et du divin. Et c'est pourquoi, dans le flamboiement du désert, Marie se sent comme au sein d'un bûcher où se calcinerait jour après jour tout ce qui la relie encore au monde. Une chair, des désirs, des souvenirs qui ne seront plus tôt ou tard qu'un tas de cendres tièdes. Elle se sait dévorée, calcinée par ce brasier interne qui jour après jour l'évide, l'allège, l'élève jusque…

Oui, l'élève vers le ciel. Corps fiévreux, bras en croix, perdue, éperdue, elle n'a pas remarqué tout de suite que depuis un certain temps – combien d'instants ou d'heures ? – son corps s'est élevé de terre et qu'elle prie, immobile, juste au-dessus du sol.

Matin sur le Nil. Matin sur les villages avec leurs murs de pisé sale, leurs buffles avachis dans la vase. Matin sur les oiseaux qui s'ébrouent dans les flaques, se battent autour des bouses fraîches pour picorer les graines encore chaudes. Matin sur le labeur des hommes dans les champs, houe en main, une fatigue millénaire au fond des yeux. Matin sous les mains des femmes lavant leur linge dans l'eau fétide des canaux. Matin sur les cris d'enfant. Matin sur le visage d'un vieillard mort que les mouches visitent déjà. Matin sur ce matin de Haute-Égypte.

Marcellus, assis au bord du Nil, regarde le fleuve. Odeurs limoneuses, fécondes. Odeurs d'enfantements. Odeurs d'accouchements. Odeurs d'estuaires. Ici, à l'inverse d'Alexandrie, la pourriture, les immondices reprennent vie, retournent à une autre naissance. Comme le fleuve qui brasse les branches, les cadavres, les fleurs et les déchets en son limon. Et ces hommes, penchés tout le jour sur la terre, toutes ces femmes, courbées sur les eaux, les êtres et les enfants, disent bien la condition humaine : boue et boue, l'une dressée sur deux jambes, précaire et animée, l'autre éternelle, inanimée. Un limon vertical sur un limon horizontal. Où trouver mieux qu'ici l'évidence de la Chute ? Pas un instant de ciel n'est possible dans le cœur de ces êtres prédestinés à la boue, au travail, à l'enfantement perpétuels.

Pour Marcellus et pour ses compagnons, installés depuis longtemps dans cette région de Haute-Égypte, il s'ajoute à ces évidences l'incertitude présente de leur sort. L'Égypte est devenue une terre de suspicion. La méfiance est partout et il faut se cacher désormais si l'on veut pratiquer un culte, ou simplement une croyance qui ne soient pas strictement chrétiens. Les compagnons de Marcellus se savent aujourd'hui menacés. Ils ne pourront plus rester très longtemps dans ce lieu. Les prêtres chrétiens les surveillent, les épient. Leur discrétion intrigue et aussi leur réticence à se mêler à la vie du village. Il leur faudra bientôt trouver de nouveaux lieux et aussi de nouveaux compagnons. De nouveaux éveilleurs pour transmettre le message, la parole vive où se révèle le Dieu caché. La survie de la gnose dépend de quelques êtres, tient à quelques cerveaux capables de la nourrir et de la propager. À une poignée d'étincelles errantes gardant en elles le feu salvateur…

Qu'est devenue Marie ? Pourquoi n'est-elle pas avec eux ? Ici, sur ces terres lourdes, hostiles où ils se sentent mal à l'aise – les Gnostiques n'ayant jamais eu la moindre vocation rurale et détestant le travail de la terre, la servitude de la boue, toute cette reddition de l'homme devant la matière, préférant une vie nomade, hasardeuse à l'abdication de l'esprit –, elle aurait eu sa place parmi eux. Marcellus regrette d'avoir été jadis si sot, si pédant avec elle. C'est elle qui avait raison dans sa façon si instinctive d'aimer le corps, d'aimer l'amour. Le corps de Marie dans l'amour : les seins durs, les lèvres et les mains en folie, le rauque éclatement du plaisir et surtout l'étoile, l'étoile mirifique au fond des yeux…

Ta gorge se serre, Marcellus, rien qu'à penser, même après tant d'années, à ce corps que tu n'as pas su aimer ni sentir. Tu n'as pas su garder, pour toi et pour les compagnons, la plus belle Urne, la plus belle Extase de ta vie. Maintenant, tu te lèves d'un bond. Tu ne supportes plus l'odeur femelle de ce fleuve, ce râle des eaux sur la toison des rives. Tu te mets à marcher sur les levées de terre tout au long des canaux. Rien que reflets stériles. La boue contre la boue. Ces palmiers en bordure du désert ? Un rêve inutile du sable. Ces ibis immobiles sous les sycomores ? Une absurdité d'ailes. Matin sur un matin gnostique.

À quoi sert l'immortalité si l'on doit y vieillir éternellement ? À quoi sert d'être immortel si l'on ne garde pas en même temps le privilège de la jeunesse ? Elle devient le cauchemar du temps, de la mort impossible. Se flétrir, se rider, se rétrécir jour après jour, siècle après siècle, sans plus jamais pouvoir mourir. Cesser d'être un humain pour devenir une chose innommable, innommée qui se perpétue, éternellement dégradée. Et à la fin – quelle fin puisque plus rien ne peut finir ? – se pétrifier en un fossile vivant, une éternité minérale.

Marie est en train de devenir cet impossible humain, cette chose. Depuis tant d'années au désert, le feu qui la dévore, la force qui la creuse, l'allège, l'élève quelquefois vers le ciel ont activé aussi son vieillissement. Quel âge as-tu, Marie ? Tu ne t'en soucies pas. Tu es vieille depuis si longtemps. Si vieille que tu es au-delà du temps mesurable des chairs.

De près, tu as encore quelque apparence humaine. Mais de loin, quand tu marches dans le désert, on croirait une apparition, quelque fantaisie démoniaque, une bête inconnue ou un buisson mobile. Ou encore une sorte de sac, d'outre, de tas informe qui se meut. Tu as encore rapetissé. Avec un visage si ridé maintenant qu'il a tout juste la grosseur d'une pomme. Un faciès plus qu'un visage. Ta bouche, comme ton sexe, a disparu. Une fente. Une cicatrice infime. D'où sortent des murmures, de petits cris, des pépiements. Et quelquefois encore des mots.

Marie dort dans sa tanière. Si ratatinée, si menue qu'elle tiendrait presque dans un berceau. Morte à ta vie première, tu es née à nouveau, enfant extrême du désert. Nourrisson de Dieu. Ta peau est devenue brûlée, encroûtée de sable. Est-ce encore une peau ? On dirait plutôt une toison d'écailles. Lézard de Dieu, Marie, qui te faufiles entre les buissons, les rochers, qui restes des heures extasiée, hébétée sur les parois brûlantes. C'est là ton dernier avatar : lézard et nourrisson de Dieu.

Le soleil va se coucher sur Alexandrie. Là même où autrefois l'Égypte et Rome se rencontrèrent pour la première fois. Où César puis Antoine aimèrent Cléopâtre. Là même où Marie vint s'asseoir sur la jetée, inquiète de la lenteur inhabituelle du couchant pour écouter le silence écarlate du Temps. Le soleil va se coucher sur Alexandrie. Demain, le jour reviendra sur la ville où les derniers païens doivent se terrer pour simplement survivre. Depuis longtemps, leurs dieux sont morts. On ne voit plus dans les lieux de culte que le nouveau Christ. Et ses compagnons, apôtres, martyrs, évêques, représentés à ses côtés sur les fresques et sur les icônes. Ils y sont droits, rigides, avec d'énormes yeux tout noirs, des cheveux ras et une barbe marquant leur visage, auréolé d'un nimbe d'or. Ils sont alignés debout le long des murs, face aux fidèles. Et ils fixent, derrière les fidèles, un point, un lieu de contemplation où tout leur être est concentré. Ils disent, ces yeux : « Nous sommes les témoins du Dieu ressuscité. Retournez-vous là où nous regardons. Si votre cœur est pur, vous y verrez le lieu de la promesse. » C'est cela qu'ils fixent avec tant d'intensité : ce lieu de la promesse qui est aussi seuil du royaume. Mais si alors on se retourne pour suivre le sillage du regard, tenter d'apercevoir l'inconcevable, on ne surprend que l'éclat fantasque des lampes à huile, des follets de flammes ourlant le cortège des fresques ou alors, sur le mur, d'autres yeux, d'autres regards identiques fixant derrière vous l'insaisissable lieu.

On voit aussi d'autres figures dans ces chapelles et ces lieux de prières : saint Georges terrassant le dragon, le Christ ressuscitant Lazare, un des épisodes qui plaisent le mieux aux Égyptiens, car dans les linges défaits du mort ils retrouvent un univers qui leur est familier, ces bandelettes funéraires, langes de l'éternité. Si ce n'est qu'ici, en cette scène chrétienne, la promesse ne s'accomplit pas dans l'au-delà au terme d'une série d'épreuves difficiles comme dans le royaume d'Osiris mais ici-bas, sur cette terre, sous les yeux d'une foule humaine incrédule, dans les rumeurs d'un village ordinaire avec ses badauds, ses colporteurs et ses soldats romains, ces derniers ne semblant pas très bien saisir ce qui se passe. Et, près du mort rappelé à la vie, près du miraculé qui hume à nouveau l'air parfumé et se met à marcher, on voit les yeux agrandis, démesurément agrandis par un mélange de joie et d'épouvante, de ses sœurs et de ses voisins. Et c'est pourquoi les habitants des fresques – apôtres, martyrs et évêques – ont tous ce regard intense, ces yeux énormes et dilatés. Parce qu'ils furent les témoins de la résurrection, de l'impossible événement.

Et pourtant ce ne sont pas ces hommes au regard noir et dur que Marie remarqua dans l'oratoire d'Alexandrie, le jour où elle y suivit une femme en pleurs qui s'enfuit après lui avoir fait ses confidences sur les Frères chrétiens. Elle s'était retrouvée seule dans cette pièce au milieu des lumières. Sur l'un des côtés, il y avait une grande icône représentant une femme vêtue de noir, les bras et le regard élevés vers le ciel où des anges ailés soutenaient une sorte de médaillon avec un homme assis. Cette femme impressionnait Marie, car tout son corps, toute sa posture disaient la souffrance et le deuil alors que son visage était illuminé de joie et de certitude. Elle implorait quelque chose de celui qui flottait dans les airs, mais elle savait manifestement que sa prière serait exaucée. À travers cette simple image, Marie devinait un destin douloureux de femme et de mère accomplies et aussi une joie, une jubilation si fortes en son regard qu'elles compensaient toute l'affliction inscrite dans le corps.

Et ce n'est que longtemps, bien longtemps après, quand elle se trouva à Jérusalem et qu'elle put enfin pénétrer dans l'église, après son repentir nocturne, ce n'est que ce jour-là, en voyant dans l'église une icône identique, qu'elle sut qui était cette femme au deuil si lumineux. Et qu'elle apprit aussi son nom, identique au sien : Marie.

« Elle parviendra peut-être à oublier l'humain en elle. » Oiseau, insecte, bufflesse, buisson, lézard et nourrisson de Dieu, Marie a connu tous les états de la métamorphose. Et son corps s'est tant allégé qu'il lui arriva plusieurs fois, sans jamais le vouloir et *sans s'en rendre compte sur le moment*, de flotter dans l'espace lorsqu'elle est en prière. « Sans même s'en rendre compte » car, dans ces moments-là, Marie ne sent plus ni son corps, ni son sang, ni sa respiration. Elle est anéantie, à bout de forces et de souffle, irradiée, exsangue aussi, car son poids, sa gravité la désertent, et il n'est rien de plus angoissant que de sentir son corps sans consistance, sans poids réel. Jouet des vents, comme la mue vide d'un insecte. Et depuis quelque temps, en ces moments-là, une musique ou plutôt une sorte de murmure traverse le corps de Marie. Comme si elle devenait béance, flûte orante. Mais elle ne le percevait pas toujours très clairement, si ce n'est comme l'écho d'un corps lointain privé d'entrailles, un corps vidé, empaillé d'absence. Et résonnant dans les airs juste au-dessus du sol.

Depuis sa marche extasiée sur les eaux du Nil, Marie n'a plus jamais revu les roselières. Elle a fui à jamais leurs odeurs et leurs sortilèges. Les retraverser : la plus terrible des épreuves qu'elle ait eu à subir à son retour du pays des falaises, quand elle voulut rentrer à son aire de l'oued. Il lui fallait d'abord franchir ce territoire maléfique, impossible à éviter, à contourner. Et qu'elle redoutait autant que s'il lui fallait repasser par les années et les « vertiges » de sa première vie. Dès qu'elle les aperçut dans la nuit, elle se mit à prier aussitôt, espérant que Dieu ferait peut-être un second miracle et la transporterait par les airs jusqu'à sa tanière. Mais… l'allégée, l'éthérée, l'effleureuse de fleuve, la voici maintenant à terre, au cœur des roselières, lourde, accablante, oppressante aux feuilles, défaite et déchue dans la boue. Il a suffi d'une seconde, une simple seconde pour que tout s'effondre. En passant sur le bord d'un canal, si légère, aérienne qu'elle en devenait invisible, elle longea un champ de roseaux et machinalement sa main prit une feuille, la froissa, la porta à son nez. Machinalement. Vertige. Instantané et fulgurant, le « vertige ». Et avec lui, toutes les odeurs, les spermes de sa première vie. Et aussi dans cette boue, ce magma nocturne où, hébétée, tu es tombée…, ce visage soudain si présent, intensément vivant malgré tant d'années d'absence et d'ascèse…, une barbe courte et frisée. Une fine moustache mordant la lèvre. Soyeuse et charnue, cette lèvre. Peau duveteuse de la joue. Un grain de beauté sur la gauche. Pommettes juste écloses. Si lisses. Les grands sourcils arqués jusqu'au crêt rectiligne du nez. Ton doigt sur les narines. Sur l'accolade qu'elles donnent aux lèvres… Mais non, c'est la boue, l'infecte boue que tu caresses ! La boue qui colle à tes joues, à ton ventre. Comme au temps des buffles. Rumination de ton passé. Il ressurgit de ta mémoire et de ta panse. Rumination du sperme remonté de l'antre de ton ventre. Mais non, c'est l'eau des flaques que tu passes sur ton visage ! Le souffle du vent frissonne tout ton corps. Folle, qui te mets à défaire la tunique des feuilles ! Folle, que sens-tu donc, que masses-tu avec tes mains, que portes-tu, que répands-tu jusqu'à tes lèvres ?

Lézard et nourrisson de Dieu. Le cauchemar des roselières a mis longtemps à s'effacer. Il est resté en toi comme la boue que tu as gardée sur ton corps sans vouloir l'enlever. La boue, qui a séché jusqu'à ce qu'elle s'effrite, s'émiette peu à peu au soleil. Jusqu'à ce que s'émiettent aussi les heures de cette nuit-là. Et celles de l'autre nuit dans les chantiers avec l'odeur de la sciure fraîche et le bruit des bateaux entrechoquant leurs mâts sous le vent. Jusqu'à ce que toutes ces odeurs, tous ces bruits se diluent dans l'horizon effervescent. Et que les souvenirs des caresses s'évanouissent sur ton sexe absent.

Mais tu as voulu te punir. Tu as voulu obturer à jamais la mémoire de cette nuit. Ton sexe est clos depuis longtemps, simple éraflure entre tes cuisses. Ta bouche est, elle aussi, devenue fente infime. Mais d'où sortaient encore des murmures, de petits cris, des pépiements. Et quelquefois des mots. *Il n'y aura plus de mots désormais*. Tu n'ouvriras la bouche que pour boire ou mâcher feuilles et racines. Tu prieras, tu crieras en silence. Tu t'emmureras en ta chair et ton âme. Le plus dur, le plus inhumain de tout lorsqu'on vit au désert : survivre sans mots. La bouche a besoin de parler, de remuer les lèvres, d'émettre des sons, de faire vibrer des syllabes, de chanter au besoin. L'oreille a besoin de savoir et d'entendre que la bouche parle. Et le cerveau a besoin lui aussi de savoir et d'entendre que l'oreille entend, que la bouche parle. L'homme a besoin de mots autant que de rosée pour survivre au désert. Il a besoin de la certitude de sa propre voix. De ce murmure qui lui confirme qu'il est toujours un être humain.

Que vas-tu devenir, Marie, par cette nouvelle ascèse ? Que vas-tu devenir, emmurée en toi-même ? Marie, oiseau des dunes, insecte orant, nuée musicale, que vas-tu devenir sans tes pépiements, tes mots, sans tes chants ?

Des mois de silence. De mots tus. De désirs reclus. Seuls bruits autour de toi : le vent, le crissement du sable, le pépiement furtif de l'oiseau des dunes – l'oiseau fiévreux, inquiet qui hante tes prières –, la fuite d'un lézard sur les rochers de l'oued, les craquements du temps sur les falaises. Et en toi : tes prières, tes murmures intérieurs, le bruissement du sang dans tes oreilles. Et cette musique insaisissable qui te traverse, te parcourt les jours où… Mais tu ne veux pas y penser, tu doutes à présent, toi qui as chu dans la boue nocturne des roseaux, tu doutes que ton corps soit assez épuré pour s'élever véritablement dans les airs. Et si c'était une hallucination, une pensée d'orgueil soufflée par le démon ? Et pourtant tu le sens bien que ton corps s'allège très souvent, devient aussi léger et musical que la mue vide d'un insecte. Tu l'entends nettement à présent, cette musique de ton corps – comme tu as entendu la voix, cette nuit-là, devant l'église, la voix qui t'a conduite jusqu'ici –, cette musique qui te parcourt et te traverse comme un souffle ténu, ce murmure qui mêle aux refrains du sang une mélodie de vent, une rumeur de vague comme si un esprit hantait la conque de ton corps…

Le désert bruisse autour de ton silence. Autour des paroles, des prières, des supplications closes en toi. Tes yeux deviennent silence à leur tour, dérivent vers la cécité. Pour mieux te clore, tu ne pries plus debout mais couchée, affalée sur le sol, repliée, lovée sur toi-même. Es-tu orante, es-tu mourante maintenant ?

Il était temps ! Voici enfin la bordure des falaises, il est sauvé ! Il n'a plus d'eau depuis deux jours et n'aurait pas tenu une heure de plus dans ce désert. Quelle idée aussi d'aller détrousser les ermites dans leur repaire ! On lui avait dit que certains cachaient des trésors ou des objets de valeur que de riches dévots offraient pour sauver leur âme. Sornettes ! Il n'y avait rien, strictement rien dans ces grottes et dans ces cellules. Il avait perdu tout son temps. Et, en plus, en débouchant de l'oued et en s'engageant dans le désert, voilà qu'il s'égare et manque d'y laisser sa peau. Pourtant, il le connaît bien, ce désert. Il ne comprend rien à ce qu'il lui est arrivé. Enfin ! On ne le reprendra plus à faire ce genre d'expédition. Ici, il n'y a que des loqueteux, des guenilleux qui n'ont rien, absolument rien, ce qui s'appelle rien. La vérité, c'est qu'ils sont encore plus minables que lui. Ils n'ont même pas un lit pour dormir. On s'assied par terre ou sur une pierre et on dort à même le sol. Ou à la rigueur sur une planche. Mais, ça, c'est déjà un luxe réservé aux ermites âgés. Encore heureux de trouver une cruche pour y boire une gorgée d'eau ! Non, ces gens sont vraiment démunis, plus que démunis : ils n'ont même pas de semelles pour protéger leurs pieds dans l'oued ! Qu'est-il allé faire dans cet enfer ? Il faut dire que la vie n'est pas facile dans la vallée. Surtout quand on ne possède strictement rien comme c'est son cas, même pas une pelle, une houe. C'est simple : pour toute nourriture, des lentilles et des fèves. Si on aime le changement, on peut évidemment changer. Par exemple, à midi : fèves et lentilles, et le soir : lentilles et fèves. Rien d'autre. À part le dimanche. Depuis qu'ils sont tous devenus chrétiens dans la vallée, on a construit un monastère pas très loin du village. Et chaque dimanche, on distribue une tasse de lait de bufflesse par personne. Bon. Mais il ne va pas passer toute sa vie à dormir par terre et manger des lentilles pour avoir une tasse de lait tous les dimanches ! Et encore, pas tous les dimanches. Dimanche dernier, par exemple, il n'y a pas eu de distribution. Les portes sont restées fermées. Il paraît que les moines s'étaient disputés. À propos du Christ qui n'aurait pas été vraiment crucifié. Il y a des moines qui disent que le Christ était un vrai dieu, pas un homme comme vous et moi, il n'avait pas une vraie chair, mais une apparence, une ressemblance. Et donc, on n'avait pas pu le crucifier pour de bon. Comment planter de vrais clous dans une chair qui n'existe pas ? À moins que les clous ne soient pas de vrais clous, eux non plus, ni la croix une vraie croix. Et alors, pourquoi tout le reste ne serait pas faux, lui aussi ? Même les gens tout autour de la croix, les disciples, la famille, tous des ombres, alors, qui faisaient semblant de pleurer de fausses larmes, drapées dans de faux voiles ? Et les soldats romains, au pied du monument, qui faisaient semblant de jouer avec de faux dés et de tenir de fausses lances ? Mais alors, à quoi rimait cette comédie, si tout le monde se met à singer quelque chose qui est faux ? Vraiment, cela lui échappe, et d'ailleurs ce n'est pas son affaire. Son affaire, c'est qu'il n'a rien trouvé par ici et qu'il a bien failli se perdre. Et qu'il n'a rien bu ni mangé depuis plus de deux jours. Cela commence même à lui donner des vertiges. Il a bien raison, à présent, de se méfier de tout. D'ailleurs, la preuve, c'est que ça recommence, les vertiges : tout à l'heure il n'y avait rien du tout dans le désert, il l'aurait juré. Et, maintenant, voici qu'il y voit quelque chose, un… un quoi au juste ? On dirait un tas ou un monticule de couleur sombre avec… avec sur le dessus comme des écailles. Ce n'est tout de même pas un crocodile en plein désert ! Un serpent peut-être, mais alors un curieux serpent. Décidément, il vaut mieux qu'il regagne la vallée tant qu'il en a encore la force, car s'il commence à voir des crocodiles en plein désert, c'est que…

Marie sent. Marie sait. Elle n'a pas fait un geste. Mais du fond de sa prière – ou de sa narcose reptilienne –, lovée sur elle-même, elle a senti une présence derrière elle, un homme qui la regarde, immobile pour le moment. Nul besoin pour elle d'avoir un troisième œil comme certains reptiles pour en être sûre. Il y a bien un homme derrière elle, assez loin pour l'instant. Elle le sent, elle le voit, cet homme aussi nettement que si elle s'était retournée pour le dévisager. Il est jeune, pas plus de vingt ans, maigre, très maigre, foncé de peau avec des cheveux noirs et bouclés, il est vêtu d'une toile grossière tenue par une ceinture, il a des semelles à ses pieds et il tient dans sa main droite un de ces lourds bâtons de bambou qu'ont tous les paysans. Il regarde dans sa direction avec une expression presque comique, tant il semble ahuri, incrédule devant ce qu'il voit…

… Non vraiment, ça ne va pas du tout, il est temps de partir mais c'est plus fort que lui, il veut en avoir le cœur net, il veut savoir si ce qu'il voit là-bas, c'est un simple tas ou bien un serpent ou un… mais non, il ne va pas recommencer avec le crocodile…

Marie devine l'homme qui marmonne en lui-même, hésite pour savoir ce qu'il va faire. Puis il se décide, fait quelques pas dans sa direction, prudemment, sans faire de bruit. Le corps de Marie est si creux, si sensible qu'il perçoit tous les frissons, toutes les vibrations du sol. L'homme avance toujours, avec précaution, maintenant il n'est plus qu'à une cinquantaine de mètres, alors Marie…

… Il a poussé un cri de surprise, de saisissement. Et lâché son bâton en voyant le tas ou le serpent se déplier et filer d'un bond sous ses yeux… Preuve que ce n'était pas un crocodile ! Non, c'était une sorte de singe ou d'enfant sauvage ou de nain, une créature inconnue en tout cas, inimaginable qui maintenant s'enfuit à toute vitesse. Jamais il ne pourra la rattraper, cette chose qui file vers l'horizon, à moins que…

Marie court, Marie vole, terrorisée par la présence de cet homme dans son dos. Elle court à travers le désert mais elle sent ses forces s'épuiser. Mon Dieu ! Mon Dieu ! que va-t-il arriver, aidez-moi, sauvez-moi, protégez-moi de cet intrus, aidez-moi, sauvez-moi et elle court, court sans se rendre compte que depuis quelques instants ses pieds ne touchent plus le sol et qu'elle file, qu'elle plane comme un faucon affolé volant au ras des sables !

… Essaie de s'élancer pour poursuivre la chose mais s'arrête net aussitôt. Immobilisé en plein élan, en plein départ. Paralysé. Impossible de bouger bras ou jambe. Impossible même de remuer la tête. L'homme est là, debout, le bras tendu vers l'avant, le bâton en main, la jambe légèrement soulevée. Figé en plein déséquilibre. Pétrifié vivant. Quiconque se serait trouvé là à cet instant, quiconque aurait été témoin de l'incroyable phénomène aurait pu constater en s'approchant de l'homme, en le contournant, l'examinant et le palpant de tous côtés que son corps était devenu aussi dense et lourd que du marbre, qu'il était totalement impossible de le déplacer et même de le faire osciller, mais qu'il demeurait parfaitement vivant avec le torse soulevé par le rythme haletant de la respiration, le cœur qu'on sentait battre en la poitrine et les yeux, surtout les yeux, fixes mais bien vivants qui disaient – puisque bouche, lèvres et langue étaient aussi paralysées –, qui suppliaient : *Délivrez-moi, que m'arrive-t-il, délivrez-moi...*

Se maintenir intact après sa mort, traverser le Nil en marchant sur ses eaux, prier en lévitant au-dessus du sol, foudroyer des dragons et des fauves, effacer des apparitions diaboliques, fraterniser avec les animaux étaient miracles apparemment courants dans les déserts d'Égypte. Ils constituaient l'envers des privations, des mortifications que s'imposait l'ascète pour obtenir en lui la paix du cœur et la sérénité de l'âme. Le but des mortifications n'était pas, n'était jamais d'obtenir ces pouvoirs singuliers. Mais il arrivait qu'ils soient octroyés à l'ascète comme une conséquence imprévue – et parfois redoutée – de l'avancement intérieur de son être. Pouvoirs qui lui permettaient de dominer l'entourage immédiat de sa vie, de se protéger des fauves, par exemple, en les rendant dociles ou en les foudroyant s'ils se montraient rebelles. Et aussi d'avoir puissance sur l'espace et le temps. Certains ermites se déplaçaient, dit-on, à toute vitesse dans le désert et parcouraient en quelques heures des distances considérables. Mais l'ascète, au lieu de se déplacer, pouvait aussi immobiliser l'ennemi ou le visiteur importun. Ce sont les voleurs qui tombaient généralement victimes de la parole sidérante, bien qu'il n'y eût jamais rien à voler au désert. Et quelquefois aussi des innocents comme cette foule que saint Apollon immobilise tout entière en plein air parce qu'elle célèbre un sacrifice païen ! Où sommes-nous ici ? Dans le désert ou dans les contes ? Sûrement dans les deux. Nous sommes en ce temps singulier où l'on peut arrêter le Temps. En cette étendue si sensible qu'elle devient chair à vif de l'espace et que tout geste, toute parole s'y manifestent à l'infini. Sur un continent fraternel et inhumain tout à la fois puisque les plus proches parents de l'ascète ne sont plus des hommes mais des fauves ou des anges. Alors, murmure le sable, murmure le vent du sud, que reste-t-il d'humain en tout ce paysage ? Alors, murmure la sauterelle, que reste-t-il d'humain en l'homme lorsqu'il mue ? Alors, murmure l'oiseau des dunes, que sont-ils devenus ceux qui allèrent au bout d'eux-mêmes : diables ou anges ? Alors, murmure enfin le buffle, que sont-ils devenus ceux qui allèrent au-delà d'eux-mêmes : bêtes ou dieux ?

En se retournant, une fois à terre, épuisée par sa course folle, Marie vit que l'horizon était nu. Quelque chose s'était produit – une décision de l'homme, une volonté de Dieu ? – qui avait empêché la poursuite. Marie se retrouvait à nouveau seule dans le désert. Elle resta étendue sur le sol, le cœur toujours battant d'avoir senti, même de dos, même de loin, la présence d'un homme. Depuis des jours, d'ailleurs, son cœur battait à un rythme fou. Il s'affolait tant quelquefois qu'elle ne pouvait plus respirer, qu'elle suffoquait au moindre effort. Elle ne sentait plus que lui – et son cerveau – de vivant en elle. Le reste – sexe, règles, bouche, estomac, langage, intestins – était mort ou atrophié ou obturé. Mais elle n'avait plus besoin d'yeux ni d'oreilles pour voir et pour entendre, et quand elle dormait au désert, enroulée sur elle-même pour combattre le froid, son corps creux – conque offerte – restait à l'écoute du monde.

À l'aube, elle découvrit avec surprise un désert rose, d'un rose particulier qu'elle connaissait bien. C'était un rose prophétique qui annonçait des heures de grand émoi, ou une mutation de sa vie. Ce rose-là, elle ne l'avait vu que très rarement au cours de ses années dans le désert et chaque fois il s'était produit le jour même un événement bouleversant.

Elle regarda tout autour cet espace et cet horizon nimbés d'aurore. Elle avait dû courir très longtemps devant elle, car elle ne reconnaissait rien ici. Le sol était différent de celui qui avoisinait sa tanière, plus contrasté, avec des alternances de rocailles et de sable, des dunes minuscules, comme l'orée d'une nudité autre. Elle devait se trouver vraiment loin de son aire. Son aire ! Quelle expression absurde ! Comment, après tant d'années d'ascèse et de détachement, après s'être voulue dépossédée de tout, comment pouvait-elle encore dire et penser : *son* aire ? Depuis longtemps, elle n'avait plus d'aire, elle n'avait plus rien à elle, et d'ailleurs elle revenait de moins en moins souvent à sa tanière. Et ce rose, cette aube lui disaient justement, par la limpidité de l'avenir qu'ils dévoilaient : *Romps la dernière attache. Oublie ton aire. Ton aire est le désert entier. Ton aire est ton errance.*

Où es-tu, Marie, à présent ? Où est ce qui demeure de toi, cet agrégat de peau, d'os et de sang – te reste-t-il du sang ? –, agrégat de silence qui avance dans la nudité, flottant entre deux sables, entre deux souffles. Tu n'es pas seulement minuscule, déshumanisée, tu es presque désincarnée. Tu as pris la couleur, la consistance d'un sable fin ponctué de nuit ou d'une mante orante qui voudrait ressembler à un ange épineux. Et tu vas, tu avances, tu glisses et flottes sur le sable, montant et descendant les dunes sans effort, squelette ronceux, musical. Le désert est à jamais ton vêtement. Tu pries jour et nuit. Sans mots. Fente buccale obstinément close. Tu pries avec des chants, des litanies, une musique intérieure qui te parcourt et qui t'habite. Le vent joue lui aussi au travers de ta chair aérienne et tout ton corps devient cantate. Au début, quand tu avances, errante à l'aube, on entend un souffle ténu en toi-même, comme le frémissement d'une toile d'araignée, souffle qui peu à peu se mue en mélopée, puis en mélodie puis en cantique. Jusqu'à ce que ton corps entier devienne nef.

Ce matin, où tu viens de te réveiller en un lieu inconnu et où pour la première fois tu remarques à l'horizon de grandes montagnes déchiquetées, toute une ossature de géants écorchés par le ciel, carcasses rouges vers lesquelles tu t'es aussitôt dirigée ; ce matin où tu viens de te réveiller dans un désert hanté par toutes les créatures invisibles qui ont accompagné ta vie des sables, esprits, frissons, elfes, souffles, anges peut-être, cette musique t'habite, te porte plus que jamais. Et tu t'élèves peu à peu, plus hantée, plus haute encore dans le bleu du ciel. Mais tu ne pries plus, tu ne psalmodies même plus : te voici hors des mots et des chants, écoute, offrande dans l'azur.

Et tu te sens enveloppée, enserrée par des formes et des consistances invisibles. Tu flottes au cœur d'un univers de frissons séraphiques. Ni les oiseaux, ni les insectes, ni les dunes, ni les souffles ne te parlent plus maintenant : ils chantent. Aujourd'hui, le désert, le ciel ne parlent pas, ils chantent. Eux aussi deviennent cantate et choral et nef claire, abside d'infini. Ils chantent si fort que leur plain-chant assourdit tes oreilles, t'abstrait de tout ce qui frissonne et vibre autour de toi.

Là-bas, les carcasses, les géants écorchés sont passés du rouge à l'ocre pâle avec de longues traînées de sang persistant sur leurs flancs. Squelettes de gigantomachies défuntes. Épopée de surgissements, d'ascensions, d'élévations, de chutes, de plissements, d'écrasements. Forces inouïes, engendrées par la nuit tellurique comme d'autres le sont par l'azur. Les mêmes forces, Marie, exactement les mêmes. Qui maintiennent l'ascète dans les airs ou qui soulèvent les montagnes.

Portée, déportée par les vents, maintenant par les anges. Ton corps, un dernier murmure. Il descend doucement, très doucement. Il va se poser sur le sol. Tes yeux sont clos, à jamais aveugles. Tes mains sont restées jointes dans la rigidité de…

Avec le crépuscule, les grandes carcasses ont retrouvé leur ossature de sang, leur chair à vif. Et déjà, bleui d'ombre, le jour se décompose sur leur faîte.

Posée, déposée sur le sol par les vents, par les anges. Reflet rose des montagnes en sang sur le désert. Ce rose que Marie connaît bien. Connaissait bien. Ce rose prophétique. Marie des sables, oiseau nu du désert, insecte orant, buisson mobile, bufflesse, lézard et nourrisson de Dieu, mue d'insecte, nuée musicale, conque hantée et maintenant…

Cendre absolue. Calcinée d'anges.

IV

Désert ultime

Il fallut attendre quelque temps avant qu'ils ne se mettent en marche. Les nouvelles ont beau se transmettre vite au désert, surtout du ciel vers la Terre (les anges étant moins distraits et plus expéditifs que les humains), la transmission souffrit d'un inexplicable retard, si bien que le message parvint sur Terre alors qu'ils venaient de quitter leur grotte. Ils le trouvèrent en rentrant chez eux. Mais comme le soir tombait, ils durent remettre le départ au lendemain. Cela n'avait guère d'importance en soi. Qu'est-ce qu'un jour de plus ou de moins devant l'éternité ? Ce qui avait, en revanche, beaucoup d'importance à leurs yeux, c'est qu'ils n'avaient rien mangé depuis plusieurs jours et que leur quête de la veille avait été infructueuse. Ils s'apprêtaient donc à repartir le lendemain pour trouver de la nourriture quand ils furent informés de la teneur du message. Repus ou affamés, il était hors de question de s'y dérober. Ils ne se dérobaient jamais aux messages d'En Haut. Depuis leur naissance, ou presque, c'est-à-dire depuis qu'ils étaient en âge de gambader dans le désert, ils étaient les dociles instruments du Ciel. Car au désert on ne peut servir que deux maîtres : Dieu ou le Diable. Ils avaient choisi Dieu. Ou plutôt Dieu les avait choisis. Pour être les exécutants de ses volontés. Volontés qu'ils ne discutaient jamais et auxquelles ils obéissaient à la lettre. Le reste du temps, quand le Ciel n'avait pas besoin d'eux, ils pouvaient vivre selon leur nature et vaquer où bon leur semblait.

Ils se mirent en marche très tôt avant l'aube car la route était longue jusqu'au lieu indiqué. Ils vivaient ensemble depuis toujours et ne s'étaient jamais disputés. C'est une chose assez rare, même chez des serviteurs de Dieu, pour qu'il faille la souligner. Sans doute étaient-ils bienveillants par nature et de tempérament placide ! Pourtant, ils avaient un air si impressionnant que tous ceux qu'ils croisaient au désert – ermites, nomades ou brigands égarés – s'enfuyaient à leur seule vue sans demander leur reste. Et ce, bien qu'eux-mêmes ne manifestassent jamais la moindre attitude agressive. Heureusement, ces rencontres (qui les laissaient toujours sur leur faim, je veux dire qui leur laissaient une certaine amertume au cœur) se faisaient plutôt rares dans la région où ils vivaient. Ceux qu'ils croisaient le plus souvent étaient des ermites en quête de solitude absolue, venus là pour prier, immobiles ou errant dans les sables en agitant bizarrement les bras. Mais même ces ermites, des gens d'un naturel serein, perdaient toute contenance en les voyant. Ils prenaient leurs jambes à leur cou (sans même songer qu'eux-mêmes auraient pu les rattraper d'un bond) où bien ils se jetaient sur le sol en se signant frénétiquement. Alors, pour ne pas les terroriser davantage, ils se retiraient bien vite à l'autre bout de l'horizon.

La marche dura longtemps, sous un soleil de plomb. Ils étaient rompus à la chaleur, au froid, à tous les désagréments du désert et ils avançaient, tête droite, les yeux dardés sur l'infini où devaient tôt ou tard apparaître le lieu et la chose indiqués. Bien que l'aube fût déjà loin, le désert restait étrangement illuminé d'un rose intense, éblouissant, signe que le Ciel approuvait et encourageait leur voyage. Ils avançaient ainsi, fiers et majestueux, dans la lumière féerique, la tête toute nimbée d'une crinière d'or. Certains de la justesse, de la noblesse de leur tâche. Car, au fond, ils n'étaient pas que les dociles instruments du Ciel, ils en étaient aussi les délégués, les messagers. Ils mettaient à son service leur force, leur courage et tout ce qu'ils avaient d'intelligence. Et ils aidaient ainsi au rapprochement entre les règnes, car ils se sentaient investis d'une mission généreuse et pacificatrice : montrer, par leur comportement exemplaire, que toutes les créatures de Dieu sont faites pour vivre dans l'amour et la fraternité mutuels.

Noble tâche et haute mission ! Ils n'avaient pas trop de toute leur bonté, leur bienveillance natives pour la mener à bien. Ils en auraient pleuré de fierté s'ils avaient eu des larmes. Mais bien qu'affables et doux, leurs yeux en étaient dépourvus.

Ils aperçurent la chose sur le sable au même moment. Un tas, une sorte de sac informe affalé sur le sol. Il devait être très léger car la brise, pourtant bien faible, arrivait à le déplacer. Bien qu'étant eux-mêmes sous le vent, ils ne perçurent aucune odeur. Étrange. Si c'était une charogne de bête, cela devrait sentir. Tous les cadavres sentent. Ils approchèrent : ce n'était pas une charogne de bête mais d'humain. Un drôle d'humain, d'ailleurs. Tout desséché, rabougri, racorni, pas plus gros qu'un singe. Une charogne d'enfant, peut-être ? Mais jamais encore ils n'avaient aperçu d'enfant seul dans ce désert.

Ils reniflèrent longtemps la chose. Elle ne sentait rien. Si ce n'est une douce odeur d'herbe sèche. Curieux cadavre. Ils examinèrent le sol autour d'eux : un sol dur, pas commode à creuser. Mais la charogne n'était pas trop grosse, un simple trou lui suffirait. Ils se mirent donc à entamer la terre à coups de pattes et de griffes, puisque telle était la mission – précise, impérieuse – dont ils avaient été chargés. Ils eurent tôt fait d'y creuser une fosse suffisamment grande. Alors l'un d'eux, très délicatement, saisit la chose entre ses crocs et la déposa doucement sur le fond. Puis ils la recouvrirent en prenant soin de bien tasser la terre sur le dessus pour que nulle trace ne subsiste, qu'aucun autre fauve ne l'évente et ne vienne la déterrer. Après quoi, ils reprirent la direction de leur grotte.

À un moment, d'instinct, les deux lions se retournèrent en même temps pour vérifier si leur travail était bien fait. Il était bien fait. Très bien fait. Devant eux, on ne voyait plus rien qu'un désert lisse et nu, sans la moindre saillie. Un désert lisse et nu avec une ligne imperceptible où ciel et terre mêlaient leur tendresse torride.

À propos de *Marie d'Égypte*

Marie d'Égypte est avant tout un roman et, plus encore, une méditation, une incantation poétique sur le désert et sur l'ascèse. J'ai cherché dans ce livre à retrouver l'intériorité d'une femme dont la vie profane et l'expérience religieuse furent en tous points exceptionnelles, mais aussi les rumeurs du monde qui l'entourèrent et la côtoyèrent. J'ai cherché aussi à retracer les impressions et les souvenirs saisissants, laissés par mes trois séjours dans les monastères coptes du Ouadi Natroun et du Djebel el-Araba.

Le plus ancien document que l'on possède sur Marie d'Égypte est une *Vie de sainte Marie Égyptienne pénitente* écrite en grec au VIe siècle après Jésus-Christ et longtemps attribuée à un certain Sophronios, patriarche de Jérusalem. Il semble aujourd'hui que l'auteur ne soit pas Sophronios mais un moine inconnu. Cette *Vie* fut traduite en latin au VIIIe siècle et intégrée à la *Vie des saints*

Pères des déserts d'Égypte et de Syrie qui groupe sous ce titre général un certain nombre de vies de saints et des anachorètes du IVe siècle. Mais cette *Vie de sainte Marie Égyptienne pénitente* n'est historique qu'en apparence. Elle contient tous les faits marquants de l'existence de la sainte : son départ à douze ans pour se faire prostituée à Alexandrie, son voyage à Jérusalem qu'elle paya de son corps, l'incident du porche impossible à franchir, son départ soudain pour le désert et les ascèses et miracles qu'elle y accomplit. Mais ce texte, destiné avant tout à édifier les incroyants et à encourager les croyants, comporte maints éléments entièrement fabuleux. Personnellement, j'ai plutôt essayé d'intégrer Marie dans son époque, de ramener sa vie et ses actes à des dimensions plus humaines et surtout plus concrètes. Car je crois à l'existence, jadis, d'une Marie qui se prostitua et partit au désert, et c'est pourquoi j'ai tenu à rendre sa vie probable et crédible, malgré tous ses aspects excessifs ou étranges. Je n'ai donc pas suivi les données de sa *Vie* grecque, du moins toutes les données et notamment celles qui eussent fait de ce livre non un roman, un poème et un témoignage, mais une simple fable. Exemple : dans sa *Vie*, un moine nommé Zosime rencontre un jour Marie, alors qu'il se promène et prie dans le désert, et celle-ci lui raconte sa vie. Et quand il la questionne sur la façon dont elle a survécu tant d'années dans la solitude, elle lui répond : « Quand je partis pour le désert, j'avais deux pains qui s'étant bientôt desséchés devinrent aussi durs que des pierres et durant quelques années j'en mangeai un peu chaque jour. » Autrement dit, Marie au désert s'en remet entièrement à Dieu qui renouvelle miraculeusement sa nourriture quotidienne. Il s'agit là évidemment d'une fable et, si l'on suit ce schéma, tout devient possible et facile. Or, je tenais à écrire sinon une histoire, du moins un témoignage sur cette époque et, pour rendre à Marie ce qui appartient à Marie, il fallait qu'elle se nourrisse comme un être humain et non comme un ange.

Je mentionne donc ici les faits, épisodes, réflexions et détails qui me paraissent significatifs ou devoir être explicités, pour mieux suivre Marie dans son humaine et inhumaine aventure.

Désert premier.

Les descriptions et les événements d'Alexandrie concernant le Sérapéum et la fin du dieu Sérapis sont tirés des textes et témoignages des historiens ecclésiastiques de l'époque ou du siècle postérieur. Le récit de la destruction de la statue, avec l'épisode du soldat et des rats s'échappant de la carcasse, provient de Rufin, *Histoire ecclésiastique*.

Rufin est un historien qui vécut en Égypte au IVe siècle, traduisit et compléta l'*Histoire ecclésiastique* d'Eusèbe de Césarée, et décrivit très en détail l'architecture et les cultes du Sérapéum. D'autres auteurs ont relaté à leur tour, avec quelques variantes, cet épisode tragique de la fin de Sérapis : Socrate et Sozomène, chacun auteur d'une *Histoire ecclésiastique*.

L'existence de sages enfermés des années dans les soubassements du temple est confirmée par Rufin ainsi que l'épisode du baiser du Soleil. Selon Françoise Thélamon, qui a publié sur cette époque un livre remarquable intitulé *Païens et chrétiens au IVe siècle*[1], auquel je me suis entièrement référé pour cet épisode, Grecs et Égyptiens connaissaient parfaitement les propriétés des pierres magnétiques et des aimants. La statue du Soleil, en fer très dur, pouvait donc être animée à distance, hors la vue des fidèles, par un prêtre promenant un fort aimant au-dessus du plafond du temple. La statue donnait ainsi l'impression de se mouvoir d'elle-même, ce qui constituait ces épisodes merveilleux, ces *mirabilia* signalés par les auteurs anciens.

1. *Études augustiniennes*, 1981.

Corps, souviens-toi.

Le couple nu (page 51). Le fait de se promener nu dans la rue constituait une provocation de la part de certains Chrétiens, soucieux de prouver à tous qu'ils étaient morts au monde. Les cas connus sont assez rares, mais l'un d'entre eux est mentionné dans la *Vie* des Pères du désert. Il s'agit d'un certain Sérapion, un « ancien dans l'ascèse », qui vécut quarante ans dans les déserts d'Égypte et qui partit un jour à Rome pour opérer des conversions. Il y rencontra une jeune fille, « une vierge farouche et taciturne, soucieuse de marcher vers Dieu », et pour montrer qu'ils étaient morts au monde, tous deux traversèrent Rome, main dans la main, entièrement nus, avec leurs vêtements sur les épaules !

Les nuages annonciateurs (pages 85-87). Le ciel comme livre prophétique, les nuages comme messages célestes proposant aux humains des images visibles et lisibles de leur futur sont un thème très répandu dans les premiers siècles du christianisme. Tertullien signale par exemple, au IIIe siècle, que la Jérusalem céleste s'est montrée à plusieurs reprises dans le ciel devant des milliers de gens.

Les départs au désert (pages 87-89). Ces départs, qui concernaient essentiellement des laïcs, se produisirent fréquemment à partir du IIe siècle et se poursuivirent jusqu'au IVe siècle. Ils étaient vécus dans un climat et dans la conviction d'un retour imminent du Christ sur la Terre, retour qui rendait caduque toute activité profane ou courante. Ces groupes de fugitifs, partant au désert pour y rencontrer le Christ, étaient parfois si nombreux (plusieurs dizaines de personnes) qu'ils troublaient l'ordre public et posaient maints problèmes aux autorités romaines. Beaucoup d'entre eux – une fois l'attente déçue – s'en revenaient en ville et reprenaient leurs activités, mais d'autres s'égaraient dans les solitudes et y mouraient de faim et de soif.

Antoine à la veille de la défaite d'Actium (page 117). L'épisode de la musique mystérieuse entendue par Antoine à la veille de la bataille décisive qui devait l'opposer à Octave est repris à Plutarque qui raconte dans sa *Vie d'Antoine* : « ... et cette nuit-là à minuit presque, comme toute la ville était en silence, frayeur et tristesse pour l'attente de l'issue de cette guerre, on dit que soudainement on ouït l'harmonie et les sons accordés de toute sorte d'instruments de musique, avec la clameur d'une grande multitude comme si c'eussent été des gens qui eussent dansé... et semblait que cette danse passât toute à travers la ville par la porte qui répondait au camp des ennemis et que par cette porte toute la troupe dont on oyait le bruit sortît hors de la ville. Si fut avis à ceux qui avec quelque raison cherchèrent l'interprétation de ce prodige, que c'était le dieu auquel Antoine avait singulière dévotion de le contrefaire qui les laissait[1]. » Des siècles plus tard, le grand poète d'Alexandrie Constantin Cavafy, mort en 1933, revint sur cet épisode merveilleux et écrivit un admirable poème que j'ai traduit et publié en 1992 dans la revue *Caravane*[2].

LE DIEU DÉSERTE ANTOINE

Si à l'heure de minuit tu entends soudain
Les musiques inouïes et les voix d'une troupe invisible,
Ne pleure pas le destin qui t'échoit
Ni tes œuvres manquées ni les promesses avortées de ta vie.
Comme averti depuis longtemps, avec courage
Salue cette Alexandrie qui te quitte.
Surtout ne commets pas l'erreur de croire
Que ton oreille t'a trompé, qu'il s'agissait d'un songe.
Refuse ces vaines dérobades.
Comme averti depuis longtemps, avec courage,
Approche-toi de la fenêtre,
Toi qui n'as pas démérité de cette ville
Et récusant les plaintes et les prières des lâches,
Vibre une ultime fois aux musiques inouïes de la troupe invisible
Et salue cette Alexandrie que tu perds.

1. Traduction Jacques Amyot.
2. Éditions Phébus.

Scène de lynchage (pages 118-120). Les exactions commises par les Chrétiens contre les temples et les prêtres païens, puis contre les païens eux-mêmes, ont été dénoncées avec vigueur par beaucoup d'auteurs de l'époque, y compris des auteurs chrétiens. Parmi les auteurs païens, il faut citer Libanios qui dénonce les exactions et les pillages chrétiens dans son *Oratio pro Templis* écrit au IVe siècle, et son contemporain Thémistios, auteur d'un *Discours contre les chrétiens*. L'épisode relaté ici et associé à la vie de Marie à Alexandrie s'est déroulé en réalité un peu plus tard, en 415, quand une bande de jeunes voyous chrétiens, excités par le patriarche d'Alexandrie nommé Cyrille, firent irruption dans la maison de la philosophe et mathématicienne Hypatie, une des plus grandes figures de la pensée païenne au Ve siècle, l'assommèrent, la traînèrent dans les rues et dépecèrent son corps dont les morceaux furent brûlés en public.

En ce qui concerne la rencontre de Marie avec les sectes gnostiques, il s'agit là d'un épisode entièrement fictif. Aucun document, aucune preuve ne peuvent être fournis à ce sujet. Mais il me plaît d'imaginer que Marie ait pu rencontrer des hommes vivant en même temps qu'elle dans la même ville et particulièrement portés aux plaisirs de l'amour. Les chansons gnostiques ont été inventées par moi, à partir de fragments retrouvés. Quant au rituel d'*agapè* auquel participe Marie, il a été décrit, avec quelques variantes, par un jeune homme gnostique du nom d'Épiphane, qui assista à ce rituel et s'enfuit, épouvanté et scandalisé par ce qu'il avait vu. Devenu prêtre, il publia par la suite un récit – exagéré ou déformé – de cette cérémonie dans son *Panarion ou Remède contre les hérésies*.

Désert extrême.

Les différentes ascèses que Marie s'impose au désert ne figurent pas dans sa *Vie* sous cette forme systématique. J'ai volontairement greffé sur le séjour de Marie au désert un certain nombre d'épreuves figurant dans les vies des différents Pères du désert. L'épisode de l'ermite dont le corps momifié tombe en poussière est extrait du *Voyage d'un moine égyptien dans le désert*, texte copte anonyme du Vᵉ siècle. Celui du séjour de Marie chez les buffles provient de la *Vie copte de Paul de Tamueh*, où ce dernier rencontre un ermite vivant depuis des années avec un troupeau de buffles en Haute-Égypte et qui se nommait lui-même Aphou le buffle.

La marche sur les eaux est un miracle fréquemment décrit dans les vies des Pères du désert, ainsi que la lévitation (le fait de se tenir en extase au-dessus du sol) et l'immobilisation des animaux ou des humains à distance qui est relatée notamment dans la vie de saint Jean le Petit.

Désert ultime.

Cet épisode est lui aussi directement tiré de la *Vie de sainte Marie Égyptienne pénitente*, à cette différence près que je l'ai inversé, c'est-à-dire que je l'ai relaté du point de vue des lions. J'ai volontairement omis un autre miracle figurant dans la *Vie* au moment de la mort de Marie. Quand le moine Zosime retourne au désert pour rencontrer Marie, selon les instructions de celle-ci, il ne retrouve plus que son cadavre. Et comme il se demande comment il pourra l'enterrer sur ce sol impossible à creuser ou transporter son corps au monastère, il voit alors ces paroles s'écrire sur le sable : « Père Zosime, enterrez le corps de la misérable Marie, rendez à la terre ce qui est à la terre. Ajoutez la poussière à la poussière. »

Ce qui fut l'ultime miracle de la sainte, miracle posthume celui-là, puisque de son vivant elle avait affirmé ne pas savoir écrire !

Le texte en italique de la page 129 est un extrait de la *Vie de sainte Marie Égyptienne pénitente* (traduction Arnaud d'Andilly 1644), rééditée par les éditions Jérôme Million en 1985 avec une présentation de Jacques Lacarrière.

Table

DU MÊME AUTEUR (suite)

Marie d'Égypte, roman, Jean-Claude Lattès, 1983 ; nouvelle éd., 1995. Livre de Poche, 1984 ; nouvelle éd., 1999.

En suivant les dieux, essai de mythologie comparée, Philippe Lebaud, 1984. Livre de Poche/Pluriel, 1956. Repris sous le titre *Au cœur des mythologies*. Philippe Lebaud, 1998. Oxus, 2004.

Chemins d'écriture, Plon, collection « Terre Humaine Courants de pensée », 1958. Deuxième édition, 1991 ; 2005.

Ce bel aujourd'hui, Lectures pour le temps présent, Jean-Claude Lattès, 1989. Repris sous le titre *Ce bel et nouvel aujourd'hui*. Ramsay, 1998.

Le Livre des genèses, essai d'iconographie sur la création du monde, Philippe Lebaud, 1990.

L'Envol d'Icare, suivi du *Traité des chutes*, Seghers, 1993 ; nouvelle éd., 2023.

Science et croyances, entretiens avec Albert Jacquard, Éditions Écriture, 1994. Albin Michel, collection « Espaces libres », 1999.

Visages athonites, textes et photographies sur des visages d'ermites du mont Athos, Le Temps qu'il fait, 1995.

La Poussière du monde, roman, NiL éditions, 1997 ; Le Seuil, collection « Points-Roman », 1999, 2010.

Dans la lumière antique, avec Sylvia Lipa-Lacarrière, Oxus, 1999.

Un jardin pour mémoire, autobiographie d'une adolescence orléanaise, NiL éditions, 1999. Pocket, 2001.

Dictionnaire amoureux de la Grèce, Plon, 2001.

Nicosie, zone morte, Olkos, 2003.

Un amour de Loire, poème en prose sur une enfance orléanaise illustré d'aquarelles de Michel Gassie, Christian Pirot, 2004.

Ce que je dois à Aimé Césaire, essai personnel sur la rencontre de l'auteur avec l'œuvre d'Aimé Césaire, Bibliophane, 2004.

Dictionnaire amoureux de la mythologie, Plon, 2006.

Un rêve éveillé, Écrits sur le théâtre, Transboréal éditions, 2008.

Naissances, Cahiers Jacques Lacarrière I. Christian Pirot/Chemins faisant éditions, 2008.

Méditerranées, Cahiers Jacques Lacarrière, 2010.

À l'orée du pays fertile, poésies complètes, Seghers Laffont, 2011, Seghers, 2025, nouvelle édition.

Le Géographe des brindilles, Textes oubliés, rares ou inédits sur la nature, Hozhoni 2018.

Traduction du grec ancien

Découverte du monde antique, traduction, présentation et commentaire des quatre premières *Enquêtes* d'Hérodote d'Halicarnasse, suivies des *Récifs indiens* de Ctésias de Cnide, du *Périple* d'Hannon et du *Périple* de Néarque en mer Érythrée, Club des Libraires de France, 1957. Ce livre eut deux rééditions : en 1968 aux Éditions Arthaud sous le titre *Hérodote et la découverte de la terre* ; en 1981 aux Éditions Seghers sous le titre *En cheminant avec Hérodote*, avec une introduction et des commentaires remaniés, collection « Étonnants Voyageurs ». C'est sous ce dernier titre qu'il a été réimprimé chez NiL éditions, en 2003, et aux Éditions du Livre de Poche/Pluriel en 1986, 1998 et 2002.

La Vie légendaire d'Alexandre le Grand, traduction inédite de *L'Histoire d'Alexandre le Macédonien, la vie, les guerres et la mort dudit*, manuscrit grec du XIe siècle, suivi d'un essai sur l'imagination populaire, Club des Libraires de France, 1962. Ce texte a été repris aux Éditions du Félin en 1993, illustré de miniatures françaises du XVe siècle, sous le titre *Le Conquérant de l'absolu*. Une édition de poche a paru chez Folio/Gallimard en 2002, sous le titre *La Légende d'Alexandre le Grand*.

Ésope. Fables, traduction et présentation des 308 fables attribuées à Ésope, suivies d'un essai sur le symbolisme des fables antiques, Club des Libraires de France, 1965. Nouvelle éd. dans la collection de poche « Espaces libres », Albin Michel, 2003.

Promenades dans la Grèce antique, traduction, présentation et commentaires de la *Périégèse* de Pausanias comprenant les textes relatifs à l'Attique, l'Argolide, l'Arcadie, l'Élide, la Béotie, la Phocide, 1re éd. : André Balland, 1967. 2e éd. : Hachette, collection « Les Guides Bleus », 1978, 1990.

Sophocle. Tragédies, traduction intégrale et présentation de l'œuvre dramatique de Sophocle, Union latine d'édition, 1973. Philippe Lebaud, 1982. Oxus, 2008.

Orphée. Hymnes et discours sacrés, traduction et présentation des 87 hymnes attribués à Orphée. Édition bilingue franco-grecque, Imprimerie nationale, 1995.

Traduction du grec moderne

Le Crétois, de Pandélis Prévélakis, 1re éd. : Club Bibliophile de France, 1957. 2e éd. : Gallimard, 1962. Réimpression : 1980.

La Chronique d'une cité, de Pandélis Prévélakis, Gallimard, 1960.

La Cité ivre, de Sotiris Patatzis, Casterman, 1963.

Poèmes, de Georges Séféris, traduits par Jacques Lacarrière et Égérie Mavraki, avec une préface d'Yves Bonnefoy, Mercure de France, 1963 ; nouvelle éd., 1986.

Au-delà de l'humain, de Nikos Athanassiadès, Albin Michel, 1965.

Le Soleil de la mort, de Pandélis Prévélakis, Gallimard, 1965.

Le Troisième Anneau, de Costas Taktsis, Gallimard, 1967 ; nouvelle éd., collection « Folio », avec une préface du traducteur, Gallimard, 1981.

Les Photographies, de Vassili Vassilikos, Gallimard, 1969 ; nouvelle éd., collection « Folio », Gallimard, 1985.

L'Épidémie, d'Andréas Frangias, avec une préface du traducteur, Gallimard, 1978.

Grécité, de Yannis Ritsos, Fata Morgana, 1968.

Les Clepsydres de l'inconnu, d'Odysséa Elytis, Fata Morgana, 1980.

Poèmes

L'Aurige, Fata Morgana, 1977.

Lapidaire, suivi de *Lichen*, Fata Morgana, 1985.

À la tombée du bleu, Fata Morgana, 1986.

L'Enfance d'Icare. Poèmes illustrés par Alécos Fassianos, Syrmos, 1995.

Amours d'écume. Six poèmes pour Aphrodite. Illustrés par Alécos Fassianos. Édition bilingue franco-grecque, Mimnermos, Athènes, 2002.

Contre-nuits. Vingt-cinq poèmes sur des gravures au noir d'Albert Woda, précédés de *La Nuit d'avant les nuits*, Alternatives, 2002.

L'Aurige. Beau livre, poème accompagné des gravures de Christos Santamouris, Christos Santamouris éditeur, 2008.

Textes divers

Les Inspirés du bord des routes, textes de Jacques Lacarrière, photos de Jacques Verroust, Le Seuil, 1978.

Gens du Morvan, texte de Jacques Lacarrière, photos de Jean-Marc Tingaud, Le Chêne, 1978, Éditions de l'Armançon, 1991.

Alain-Fournier ou *les Demeures du rêve*, essai sur la vie et la maison d'Alain-Fournier à Épineuil-le-Fleurieil, Christian Pirot, 1991. Réédition avec de nouvelles photographies, 2003.

Au pays d'Hérodote. Égypte, traduction et commentaire du voyage d'Hérodote en Égypte, richement illustré de documents anciens et de photographies modernes, Ramsay, 1995.

Paul Valet ou *Les Soleils d'insoumission*, essai sur le poète libertaire

Paul Valet, disparu en 1957, Jean-Michel Place, 2001.

Le Mont Athos, texte de Jacques Lacarrière, photographies de Carlos Freire, L'Imprimerie nationale, 2002.

Ce que je dois à Aimé Césaire, essai personnel sur la rencontre de l'auteur avec l'œuvre d'Aimé Césaire, Bibliophane, 2004.

Traductions du grec moderne (parues en revue)

« Écrivains grecs d'aujourd'hui ». Numéro spécial de la revue *Les Lettres nouvelles*, mars 1969. Choix de texte par Nanos Valaoritis et Jacques Lacarrière. Traduction des textes de : *Costas Taktsis* (« La première image », extrait de Ta Resta.) *Odysséa Elytis*. (« Le sommeil des preux », extrait de *Six et un remords pour le ciel.*) *Nikos-Gabriélis Pendzikhis*. (« La vitre et le calendrier », extrait de *La Leçon de choses.*) *Andréas Embirikos*. (« Madalénia », extrait de *Mythologie personnelle.*)

« Aujourd'hui la Grèce », Numéro spécial des *Temps modernes*, 1969. Traduction et présentation sous le titre *Poètes déportés* des poèmes de Dimitri Christodoulou, Titos Patrikios et Antonis Doriadis.

Numéro 9 de la revue *Poésie 85* de Pierre Seghers. Traduction et présentation des poèmes d'Odysséa Elytis, Andréas Embirikos et Titos Patrikios.

Numéro 8 de la revue *Jungle* (1985). Traduction et présentation d'un choix de textes et de poèmes d'Aris Alexandrou.

Anthologie de la poésie grecque contemporaine. Choix et traduction de Michel Voikovitch. Présentation de Jacques Lacarrière, « Poésie/Gallimard », 2000.

Composition et mise en pages
Nord Compo à Villeneuve-d'Ascq

CET OUVRAGE
A ÉTÉ ACHEVÉ D'IMPRIMER
SUR ROTO-PAGE
PAR L'IMPRIMERIE FLOCH
À MAYENNE EN OCTOBRE 2025

Robert Laffont

Imprimé en France sur du papier issu de forêts gérées durablement.
N°éditeur : 68962/01 – N° imprimeur : 107677